Afusoft

Prof. Erich H. Franke, geboren 1954 in Mannheim, studierte Nachrichtentechnik bei Prof. Karl Steinbuch an der Universität Karlsruhe und leitete in europäischen Unternehmen die Entwicklung militärischer Kommunikations- und Flugnavigationssysteme.

Heute arbeitet Prof. Franke als geschäftsführender Gesellschafter eines Systemhauses und nimmt eine Lehrtätigkeit an der Hochschule Darmstadt im Bereich Elektro- und Informationstechnik wahr.

Er lebt an den Pforten des Schwarzwaldes und beschäftigt sich in seiner Freizeit mit Amateurfunk, Dressurreiten und dem Schreiben von Thrillern und Science-Fiction Kurzgeschichten.

Erich H. Franke

Point Zero

und andere Kurzgeschichten

Afusoft

Vollständige Taschenbuchausgabe
2. Auflage 2017 (V3)

AFUSOFT Kommunikationstechnik GmbH, Königsbach-Stein, Germany
WEB: http://www.verlag-afusoft.de EMAIL: verlag@afusoft.de

Druck und Bindung: TIMEPRINT GmbH, Pforzheim
ISBN 978-3-926710-30-7

Inhalt

Jägerlatein

Bis heute morgen war bei unserem Projekt alles wie am Schnürchen gelaufen. Doch dann hatte auf einmal die Lagekontrolle der ferngesteuerten Laborsonde ausgesetzt.

Ich erinnere mich noch gut an die erschreckten Gesichter der Kollegen aus der wissenschaftlichen Abteilung als plötzlich die Alarmglocke am Steuerungscomputer schrillte und alle Warnanzeigen hektisch zu blinken begannen.

Das Bild der Sondenkamera schlug wilde Kapriolen bevor es schließlich ganz erlosch. Über die Telemetrie kamen nur noch Bruchstücke einzelner Datenpakete herüber, verstümmelt und unbrauchbar.

Dem ersten Schrecken folgte Panik als uns klar wurde, dass die Sonde im Begriff war aus ihrer Umlaufbahn auf die Planetenoberfläche hinabzustürzen.

Nicht auszudenken, wenn unser fliegendes Laboratorium den Leuten dort unten auf den Kopf fallen würde. Stellen Sie sich doch nur einmal vor was passiert, wenn solch ein Riesending auf eine Ansiedlung stürzen würde.

Das wäre eine einzige Katastrophe und gleichzeitig überaus peinlich für uns, weil die Bewohner dieses Planeten bisher überhaupt keine Ahnung von unserer Existenz hatten. Die Aussicht, dass sich das nun schlagartig ändern könnte passte uns überhaupt nicht ins Konzept.

Mit den Einwohnern da unten war das nämlich so eine Sache! Den Planeten bewohnten die absonderlichsten Lebensformen. Manche waren auf der Planetenoberfläche festgewachsen. Andere wiederum bewegten sich an Land, im Wasser und sogar in der Luft. Ihre exotische Körperchemie versetzte unsere Biologen in helles Entzücken.

Die mit Abstand fremdartigste Lebensform war mäßig intelligent und hatte bereits einfache Werkzeuge und andere Hilfsmittel entwickelt. Die Wesen besaßen zwergenhafte, weiche, aufgeblasene Körper, piepsige Stimmchen und seltsam starre Gliedmaßen, mit denen sie nervös auf der Planetenoberfläche herumstaksten und dabei für uns unverständliche Handlungen ausführten. Für sie interessierten sich unsere Verhaltensforscher ganz besonders.

Meine Begeisterung für die Bewohner hielt sich allerdings in engen Grenzen, alleine schon wegen ihren seltsamen Angewohnheiten.

Die Wesen waren nämlich Aasfresser! Sie fraßen die toten Körper anderer Lebensformen und tranken dazu Wasser oder noch schlimmeres Gebräu.

Dabei hatten sie doch richtige Kohlenwasserstoffe aus fossilen Lagerstätten, echt guten Stoff wie Sie und ich ihn nach Feierabend gerne mal wegzischen.

Und was taten diese Typen damit? Sie verbrannten den guten Tropfen und benutzten ihn zum Antrieb ihrer Fahrzeuge.

Pervers, nicht wahr?

Richtige interstellare Raumfahrt kannten sie nicht. Dafür hatten sie aber jede Menge kompliziert aussehender Satelliten und sonstigen Müll in die Umlaufbahn geschossen. Das Zeug machte unseren Navigationscomputern echt zu schaffen, denn wir mussten diesen Brocken im Orbit andauernd ausweichen.

- - -

Unser Projektleiter massierte nervös seine Augen. Er war besorgt und dazu hatte er auch allen Grund. Falls die Ureinwohner unsere havarierte Sonde in ihre kleinen gierigen Fingerchen bekommen sollten, konnten wir uns zu Hause nicht mehr sehen lassen.

Der Projektleiter befahl deshalb die Operation abzubrechen und die Sonde zu sprengen, bevor sie größeren Schaden anrichten konnte.

Jock tippte den Selbstzerstörungscode in den Steuercomputer. Das Signal schnurrte aus den Antennen unseres Schiffes und wir warteten gespannt auf die Explosion.

Doch nichts geschah! Hilflos mussten wir mit ansehen, wie die Sonde über ihre Längsachse abkippte um dann in einer steilen Bahn zur Oberfläche hinunterzufallen.

Immerhin hatte der Steuercomputer der Sonde gerade noch genug Verstand übrig, um die Tarnvorrichtung zu aktivieren und die Abwehrschirme aufzubauen und zu stabilisieren. Vermutlich arbeiteten auch die Triebwerke noch ein bisschen, doch der Absturz war nicht aufzuhalten.

Mit angehaltenem Atem verfolgten wir die letzte Phase der

Katastrophe über die optischen Sensoren. Die Sonde schickte uns ihren letzten Gruß in Form herrlich leuchtender ionisierter Gase, die in der Atmosphäre des Planeten wie der Schweif eines Meteoriten aussahen.

Unser Schiffscomputer stellte derweilen Hochrechnungen über Zeitpunkt und Ort des Aufschlags an. Das Ergebnis ließ uns hoffen. Die Bahn führte nämlich in ein dünn besiedeltes jedoch dicht mit Pflanzen überwuchertes Gebiet auf der Nordhalbkugel. Also hatten wir vielleicht noch eine Chance!

Dann erfolgte der Aufprall und die Signale der Sonde verstummten.

- - -

Unser Team hatte sich vollzählig im Versammlungsraum eingefunden. Wir wussten alle, wie prekär unsere Situation war.

Zwar war auf der Planetenoberfläche kein größerer Schaden entstanden, doch es war nur eine Frage der Zeit, bis sich die Bewohner dieser Welt für den Absturzort interessieren würden. Übersehen haben konnten sie den Vorfall schließlich nicht, es sei denn sie wären blind und taub oder aber völlig verblödet.

Auf einmal räusperte sich Jock, der zusammen mit mir am Tisch saß und hob zaghaft einen Arm. Jock gehörte zu meinem Team und war für die Laborsysteme der Sonde verantwortlich.

Klar, dass ihn der Vorfall belastete, obgleich er nichts dafür konnte und ihm auch niemand einen Vorwurf gemacht hatte. Aber er war nun einmal ein verantwortungsbewusster Techniker und brannte darauf, der Gemeinschaft zu helfen.

» Wir könnten doch ein Team mit dem Beiboot hinunterschicken um die Sonde zu bergen. «

Ich versuchte klein und unscheinbar auszusehen. Gleichzeitig funkelte ich Jock böse an, damit er endlich Ruhe gab. Doch Jock war eben noch ziemlich jung und ahnte nicht, was er gerade anrichtete. Er ließ sich einfach nicht bremsen.

Es ist gar nicht so leicht, böse zu funkeln und dabei gleichzeitig unscheinbar auszusehen. Ich schaffte es auch diesmal nicht. Dabei wusste ich ganz genau was als nächstes passieren würde.

Wie erwartet schwenkten alle Augen zu uns herum. Der Projektleiter wedelte mit seinen Armen.

» Das ist eine prima Idee! « strahlte er.

» Ich freue mich, dass du dich freiwillig gemeldet hast! «

Von allen Seiten tönte beifälliges Murmeln. Klar! Die anderen waren alle froh, dass sie selbst aus der Schusslinie waren.

» Jock kann nicht alleine gehen. « fuhr der Projektleiter fort.

» Wer geht freiwillig mit? «

Gespannte Gesichter wandten sich unserem Tisch zu. Glitzernde Augäpfel wohin ich auch blickte.

» Wir gehen selbstverständlich zusammen! « hörte ich mich sagen.

» Schließlich kann ich Jock nicht alleine da hinunterschicken. «

Alle waren sichtlich erleichtert. Schließlich fand man nicht alle Tage so rasch zwei Freiwillige für einen komplett bescheuerten Einsatz.

Ich lächelte! Was hätte ich auch anderes tun sollen? Dabei war mir beim Gedanken an die bevorstehende Landung ganz und gar nicht wohl zumute. Dazu hatte ich auch allen Grund.

Dieser Planet war nämlich die reinste Hölle. Keine Ahnung, wie sich dort überhaupt intelligentes Leben hatte entwickeln können.

Erstens war es da unten saukalt. Der Planet umkreiste die mickrige gelbe Sonne am äußersten Rand dessen, was Sie und ich als Lebenszone bezeichnen. Wegen der Kälte würden wir eingehüllt in schwere Pelze herumlaufen müssen.

Aber selbst das ging nicht so ohne weiteres. Die Atmosphäre bestand nämlich aus reinem Gift. Ohne Atemschutzgeräte hätten wir dort unten keine zwei Atemzüge überlebt. Der geringe atmosphärische Druck und das giftige Gasgemisch hätten uns in Rekordzeit auf ziemlich unangenehme Art und Weise umgebracht.

Aber das war noch immer nicht alles! Die Atmosphäre hielt noch eine ganz besondere Gemeinheit parat. Ich will Ihnen das an einem einfachen Beispiel erklären.

Sie erinnern sich bestimmt an den Chemieunterricht und an das was geschieht, wenn man in unserer Atmosphäre Sauerstoff freisetzt.

Wird das harmlose Methan und der gesunde Wasserstoff unserer Atemluft mit diesem aggressiven und heimtückischen Gas vermischt, so reagiert diese Mixtur äußerst ungehalten auf Funken und Feuer indem sie nämlich explodiert.

Nun enthält aber die Atmosphäre unseres Ausflugsziels jede Menge Sauerstoff! Stellen Sie sich einfach einmal vor was passiert, wenn mein Schutzanzug während der Mission ein Loch bekommt! Dann wird Ihnen klar, warum ich Bammel vor der Landung habe!

Inzwischen begann sich sogar Jock langsam Sorgen zu machen. Er war auf einmal ungewöhnlich schweigsam und still. Aber was soll's? Wir konnten nicht mehr zurück.

Schwer bepackt und eingemummt in unsere mit dichtem Pelz überzogenen Schutzanzüge stapften wir in Richtung des Beiboothangars.

- - -

Alfred Mühlmann war unzufrieden mit sich und der Welt. Mürrisch lenkte er den schweren Geländewagen über die kaum erkennbaren Waldwege.

Was hatte da im Reiseprospekt gestanden? Die Wälder Osteuropas seien von Menschen unberührt und überaus wildreich? Ein Paradies für Jäger? Ein unvergleichliches Erlebnis?

» Alles Quatsch! « grummelte Alfred.

Er war nun fast zwei Wochen hier und hatte noch kein einziges ordentliches Stück Wild vor sein Rohr bekommen.

» So eine Sauerei! «

Alfred hatte vor ein paar Monaten die Jägerprüfung abgelegt und danach die Golfschläger endgültig eingemottet. Er hatte sie in den Verschlag hinter der Garage gleich neben dem Surfbrett, dem ausgemusterten Gleitschirm und dem Rennrad verstaut.

Alfreds Entsorgungsfirma war am Markt recht erfolgreich. Deshalb konnte er sich von Zeit zu Zeit ein wenig Abwechslung gönnen. Seine Leidenschaft für die Jagd hatte Alfred vor einem Jahr entdeckt, als ihn einer seiner Kunden nach einem erfolgreichen Geschäftsabschluss mit zur Pirsch genommen hatte. Dabei war Alfred aufgegangen, dass ein echter Mann von Zeit zu Zeit den Hauch der Wildnis spüren musste.

Sofort hatte er sich energisch und effizient darangemacht, seinen neuen Traum zu verwirklichen. Sogar die Vorbereitung zur Jagdprüfung hatte ihm Vergnügen bereitet. Das Aussuchen der Ausrüstung machte aber noch viel mehr Spaß.

Ein neuer Geländewagen musste her, komplett mit Klimaanlage, Lederausstattung, GPS und Telefon. Dazu die passende Kleidung, Ausrüstung und Waffen. Einen Williamson-Zwilling, beispielsweise. Nur das Beste war gut genug, das ist doch klar!

Als nächstes hatte Alfred zusammen mit zwei Kameraden

ein Revier in den weiten Wäldern bei Zàmrsk gepachtet und die drei waren sogleich zu einem Jagdurlaub dorthin aufgebrochen.

Leider hatte bisher das Jagdglück im Osten nicht mit der westlichen Leidenschaft Schritt halten können. Deshalb war Alfreds Laune momentan nicht die Beste. Der Geländewagen schlingerte durch den Matsch und war schon über und über mit Schlamm bespritzt. Das Telefon war tot und auch die Klimaanlage half ihm in Anbetracht der Außentemperatur von gerade einmal fünf Grad nicht wirklich weiter.

Wenigstens funktionierte das Radio. Alfred war der Landessprache einigermaßen mächtig. Doch was er dort hörte, missfiel ihm sehr. Letzte Nacht sei ein Meteorit hier ganz in der Nähe eingeschlagen. Alfred war wütend. Er malte sich aus, dass nun auch noch das letzte Stückchen Wild vergrämt war und dass er heute wieder nichts vor sein Rohr bekommen würde.

» So ein Mist! « schimpfte er vor sich hin und wich der nächsten Baumwurzel aus.

Schließlich hatte er die Grenzen seines Reviers erreicht. In gemeinsamer Arbeit hatten seine Freunde und er in den vergangenen Tagen ein paar provisorische Hochsitze errichtet. Alfred erklomm den höchsten davon, der am Rand an einer mäßig großen Lichtung stand und richtete sich für die Nacht ein. Und die versprach wieder feucht, kalt und ungemütlich zu werden.

Alfred nahm einen kräftigen Schluck aus seiner Taschenflasche. Dabei schwor er sich, am Morgen nicht schon wieder ohne Trophäe zum Hotel und zu seinen Kameraden zurückzukehren.

Er seufzte und nahm noch einen tiefen Schluck, der ihm angenehm brennend die Kehle hinab lief und in seinem Bauch ein wohliges Gefühl der Wärme verbreitete.

Alfred wusste, dass er die Wärme in dieser Nacht dringend brauchen würde.

- - -

Also, was soll ich Ihnen sagen? Der Flug durch die Atmosphäre war genau so unangenehm gewesen wie ich es erwartet hatte.

Überall um uns herum kondensierte der Wasserdampf in riesigen gefährlich aussehenden weißen Ballungen aus denen ständig Flüssigkeit auf die Schiffshülle rieselte. Währenddessen schüttelten Turbulenzen unser kleines Beiboot im Flug kräftig durch.

Richtig Angst machte mir dabei die unglaubliche Menge an atmosphärischem Sauerstoff. Rund ein Fünftel der Luft dieses ungastlichen Ortes bestand aus diesem tödlichen Gas.

Die Schwerkraft war glücklicherweise kein Problem. Sie betrug auf diesem verrückten Planeten nur knapp ein Drittel von der von zu Hause und der Gravostat des Beibootes arbeitete ohne Mucken.

Trotzdem hatte ich einen ziemlichen Bammel vor der Landung und zwar wegen der Bodenbeschaffenheit. Der Untergrund war nass von all dem kondensierten Wasserdampf und dadurch extrem weich und nachgiebig. Ich hatte einfach Angst um die Landespitzen unseres kleinen Bootes.

Doch wider Erwarten ging alles gut. Ich landete in einer Lücke zwischen hochstämmigen Pflanzen, die hier überall üppig wucherten.

Unappetitliches glibberiges grünes Zeug! Unsere Wissenschaftler behaupteten steif und fest, die Pflanzen würden mit Hilfe des schwächlichen Sonnenlichtes gesundes Kohlendioxid in giftigen Sauerstoff verwandeln.

Ein verrückter Gedanke, nicht wahr?

Die havarierte Sonde lag westlich unseres jetzigen Standortes und war bei der geringen Schwerkraft zu Fuß gut zu erreichen.

Also stapften wir los.

\- - -

Alfreds Befürchtungen waren wohl begründet. Die Nacht war lang und kalt, seine Hände steif und klamm und der Platz auf dem Hochsitz hart und zugig. Seine hochprozentige flüssige Wärmequelle half ihm nur begrenzt darüber hinweg. Immerhin spendete der Vollmond ein einigermaßen gutes Büchsenlicht.

Alfred spähte von Zeit zu Zeit über die Lichtung in das Unterholz, das vom bleichen Mondlicht nur hier und da erhellt wurde. In östlicher Richtung war eine große Tanne umgestürzt und hatte dabei mehrere umliegende Bäume mit sich zu Boden gerissen. Er konnte keine Einzelheiten erkennen und sah nur einen großen, unförmigen Schatten inmitten umgestürzter und verkeilter Baumstämme, der im Mondlicht wie ein riesiger, nasser, schwarzer Sack aussah.

Selbst mit dem Feldstecher konnte Alfred das Gebilde nicht so recht fixieren. Ihm schien als ob es flimmere. Er gab dem unsicheren Licht und dem reichlich genossenen Sljivovica die Schuld daran. Alfred seufzte. Er sehnte sich nach seinem warmen weichen Bett und begann einzuschlummern.

Plötzlich schreckte er auf und war mit einem Schlag wieder hellwach. Bei den umgestürzten Bäumen machte er schemenhafte Bewegungen aus. Eines, nein, zwei große Tiere brachen aus dem Unterholz hervor und machten sich an irgendetwas zu schaffen.

Die dunklen Schatten zwischen den Bäumen schienen zu wachsen, doch Alfreds Aufmerksamkeit war von den Tieren gefangen. Er beobachtete wie elektrisiert, wie sie sich zur vollen Größe aufrichteten.

» Bären, riesige Bären! « hauchte er.

Er starrte durch sein Glas und beobachtete so sorgfältig, wie es ihm in seinem momentanen Zustand eben möglich war.

Die Tiere waren wirklich riesig. Alfred schätzte jeden auf mindestens zweieinhalb Meter. Solchen Burschen durfte er nicht zwischen die Tatzen geraten. Durch das Visier seiner Williamson konnte er die Köpfe der Bären nur undeutlich sehen, doch die dicken, dunklen, pelzigen Formen waren unverkennbar.

Seine Hände zitterten. Er hörte brummende Laute und das Krachen von Zweigen. Was die Bären wohl dort zwischen den Bäumen suchten? Vielleicht ein Bienennest oder andere Leckereien. Alfred war dies im Grunde genommen gleichgültig. Er zielte sorgfältig.

Gleich würde er seine lang ersehnte Trophäe haben.

- - -

Wir waren von der Waldseite problemlos bis an die Sonde herangekommen. Nun mussten wir aber kräftig schuften, um die Montageöffnung freizulegen.

» So ein Pech aber auch! « brummte Jock.

Die Sonde hatte bei ihrer unfreiwilligen Landung mehrere der hohen Pflanzen abgeknickt und sich dabei in Ästen und Zweigen verheddert.

Sobald ich das Steuerteil geöffnet und das Tarnfeld abgeschaltet hatte, wurde der schwarze Kegel der Sonde aus einer Wolke flimmernder Luft sichtbar.

Der Bordcomputer war froh uns zu sehen. Er summte aufgeregt und half so gut er konnte bei der Schadenseingrenzung.

Die Ursache war rasch gefunden. Schuld war natürlich wieder einmal der Sauerstoff! Mit diesem Zeug hat man auch nichts als Ärger.

Das reaktionsfreudige Gas war durch eine defekte Dichtung in den Impulsverteiler eingedrungen und die darin liegenden Feldleiter oxidiert. Dadurch erreichten die Steuerimpulse des Rechners nicht mehr die Peripherieschaltkreise und die Exekutoren. Die Sonde litt also an einer Art elektronischer Paralyse.

Dagegen hatten wir glücklicherweise die passende Therapie.

Wir tauschten das Innenleben des Verteilers aus und spülten alle Verbindungen mit Stickstoff gut durch. Der Computer summte wieder glücklich und meldete die volle Betriebsbereitschaft. Soweit war dieser Teil unseres Problems erst einmal gelöst.

Ein paar Schwierigkeiten standen uns allerdings noch bevor. Die Sonde lag nämlich unter einer Menge umgestürzter Pflanzenstiele begraben. Die Kraft ihres Schwerkraftgenerators war nicht groß genug, all die schweren Äste und Pflanzenteile zu bewegen.

Ohne fremde Hilfe würde die Sonde nicht wieder starten können. Wir mussten also selbst mit Hand anlegen und die Stämme einzeln beiseite ziehen.

Jock und ich zerrten an den Pflanzen und brummten wechselseitig Flüche. Das hätten wir besser nicht getan. Fluchen rächt sich immer wieder, genau wie in diesem Fall.

Plötzlich hörte ich einen scharfen Knall. Im gleichen Moment schrie Jock entsetzt.

» Da schießt einer auf uns! Mist! Mein Anzug hat ein Loch! «

» Weg von hier! «

Ich stieß Jock beiseite und sprang dann selbst in die andere Richtung. Dabei hatte ich allerdings meine Kraft unterschätzt. Der Schwung trug mich wegen der geringen

Schwerkraft ziemlich weit fort.

Anscheinend verwirrte das den unsichtbaren Schützen, denn weder Jock noch ich wurden getroffen, obwohl es hinter uns immer wieder krachte.

Rasch peilte ich die Lage.

Ich entdeckte auch gleich einen Vertreter der örtlichen Fauna. Der hatte sich zwischen den Pflanzen eine Art Nest gebaut und beschoss uns von dort aus hinterhältig mit primitiven wenngleich tödlich wirksamen Metallteilen.

Halten Sie mich jetzt bitte nicht für einen Rassisten! Aber was außer Ärger können Sie von einem weichhäutigen Sauerstoffatmer schon erwarten?

» Was ist mit dir, Jock? « rief ich voll Sorge meinem Gefährten zu.

» Ich bin in Ordnung, aber mein Anzug ist leck! « kam die Antwort.

» Ich muss sofort zurück zum Schiff und ihn abdichten sonst gibt es hier einen Riesenknall! «

Dann sprang er mit einem Satz davon, denn der Eingeborene feuerte schon wieder seine archaische Projektilwaffe auf uns ab.

Jetzt wurde es mir zu bunt! Der Kerl konnte uns mit seiner Ballerei noch verletzen oder gar töten. Doch das würde ich ihm jetzt austreiben!

Das Infrarotvisier zeigte mir deutlich das Nest unseres Gegners. Es war ein offener Kasten der sich auf dünnen

Stelzen an eine hohe Pflanze lehnte. Der Kerl saß oben drauf und wedelte dabei mit einer Stange. Das war vermutlich seine Waffe.

Mein Beschützer peilte den Unterbau des Nests bereits an. Ich musste nur noch auf den Auslöser drücken, da zischte der Kugelblitz auch schon aus dem Projektor.

Die Ladung traf mitten in die Stelzen unter dem Nest. Sie zerbarsten mit einem befriedigenden Knall. Unter Krachen und Splittern plumpste der Eingeborene wie eine reife Frucht zu Boden.

» Hab ich dich, du Mistkerl! « brummte ich und machte mich auf den Weg, ihm meine Meinung zu sagen.

- - -

Alfred war konsterniert. Er hatte auf den größeren der beiden Bären gezielt und wollte einen Herzschuss anbringen, genau so wie es im Lehrbuch beschrieben war.

Das Buch berücksichtigte allerdings nicht den Pflaumenschnaps, der momentan durch Alfreds Blutbahn kreiste und dadurch seine Zielsicherheit beträchtlich reduzierte.

Alfred erschrak durch den Knall seines eigenen Schusses. Er brauchte einige Sekunden, um die Bären wieder im Zielfernrohr zu entdecken. Verärgert stellte er fest, dass er sein Ziel verfehlt hatte. Die beiden Tiere waren mit Riesensätzen in verschiedene Richtungen gesprungen.

Zitternd und keuchend legte Alfred erneut an. Durch sein Zielfernrohr sah er plötzlich, wie sich einer der Bären zur vollen Größe aufrichtete. Er wollte gerade abdrücken, als eine Funken sprühende Feuerkugel mit Furcht erregendem Zischen direkt auf ihn zuraste.

Der grellgrüne Blitz blendete Alfred und seine Ohren schmerzten von dem betäubenden Knall. Danach ging alles sehr schnell.

Der Hochsitz brach krachend unter ihm zusammen. Bevor er noch wusste wie ihm geschah lag er bereits am Boden zwischen den Trümmern der Stangen, Bretter und den Resten der Leiter. Alfreds Knochen schmerzten. Er hustete würgend, denn über allem schwebte der beißende Geruch von Salmiakgeist.

Und das war noch nicht alles. Nun kam nun auch noch der große Bär mit beängstigender Geschwindigkeit auf ihn zu gerannt. Verzweifelt tastete Alfred in den Trümmern nach seinem Gewehr, doch der Bär war schneller.

Mit triumphierendem Brummen schwenkte er die Williamson in seinen riesigen Tatzen. Dann packte er das Rohr des teueren Gewehrs, faltete es mit einer anmutigen Bewegung zusammen und warf den Schrott mit einer verächtlichen Geste über seine Schulter.

Alfred sah nun zum ersten Mal den Kopf des Bären im bleichen Licht des Mondes deutlich über sich. Vor Entsetzen schlagartig nüchtern quollen ihm die Augen aus den Höhlen.

Der Schädel des Bären war völlig rund, ohne Ohren und ohne Schnauze. Dafür wölbten sich nach allen Seiten gläserne Halbkugeln aus dem Kopf in denen riesige Augen wie

Eier in Bouillon schwammen. Zu allem Überfluss besaß der Bär auch noch vier Arme, vorne einen, hinten einen und zwei an der Seite, und diese Arme waren so beweglich wie dicke Gartenschläuche.

Solch einen Bären hatte er noch niemals gesehen. Weder in Büchern noch im Zoo.

Alfred rappelte sich mühsam auf. Hinter ihm brummte der Bär triumphierend und als er sich umwandte um schreiend davonzurennen, bekam Alfred zum Abschied noch einen harten Tritt in seinen Allerwertesten.

Das kümmerte ihn jedoch herzlich wenig, er rannte um sein Leben. Er rannte und rannte und sah nicht, wie sich hinter ihm das kegelförmige, dunkle Gebilde, das er für eine umgestürzte Tanne gehalten hatte, langsam und majestätisch in die Luft erhob und am Nachthimmel verschwand.

Nach Lage der Dinge entging Alfred auch, wie kurz darauf ein weiteres dunkles Etwas, das ihn vielleicht entfernt an einen überdimensionalen Bienenstock erinnert hätte, lautlos über dem Wald aufstieg und davon schwebte.

Wie gesagt, er rannte wie von den Furien gehetzt zu seinem Geländewagen und raste davon.

- - -

Alfred konnte sich später nicht mehr daran erinnern, wie er in sein Hotel und auf sein Zimmer gekommen war. Erst auf seinem Bett kam er wieder richtig zu Bewusstsein.

Dort lag er nun und starrte an die Decke, während sein Herz zum Zerspringen klopfte.

Nein! Das konnte er niemandem erzählen! Weder, dass ein Bär auf ihn geschossen, noch, dass der gleiche Bär ihn per Fußtritt aus dem Wald gejagt hatte.

» Zum Teufel mit der Jagd! «

Er beschloss, gleich heute abzureisen und dann den ganzen Krempel zu verkaufen. Danach würde er sich ein neues Hobby suchen. Etwas Ungefährlicheres!

Tiefseetauchen zum Beispiel!

Katz und Maus

» Wie gut, dass wir bei diesem Wetter nicht draußen sein müssen, nicht wahr Sammy? «

Dr. Timothy Langley strich seiner Gefährtin zärtlich über ihren Kopf. Samantha quittierte diese Geste der Zuneigung mit einem Aufschlag ihrer smaragdgrünen Augen.

Dann begann sie zu schnurren und leckte sorgfältig ihr seidiges, schwarzes glänzendes Fell. Als gewissenhafte Katze wusste Samantha schließlich, was sich gehörte. Behaglich räkelte sie sich an ihrem warmen Stammplatz hinter dem Monitor des Stationscomputers.

Tim und Sammy waren momentan die einzigen Bewohner von Colonial Island, einer knapp dreißig Quadratkilometer großen Insel, die ungefähr einhundertfünfzig Seemeilen westlich von Irland aus dem Atlantischen Ozean aufragte.

Die See nagte seit Jahrmillionen am Sockel der Insel. Jedes Jahr verlor das Eiland ein wenig von seiner Substanz, vor allem, wenn bei steifem Wind die schwere See gegen die Westküste peitschte.

Momentan jedoch herrschte Flaute und die See lag ruhig und glatt. Trotzdem konnte man vom Meer kaum etwas sehen, denn dichter, grauer, nasser Nebel lag über der gesamten Insel.

Bei diesem Schmuddelwetter wollten weder Sammy noch Tim mehr als nötig Pfoten und Füße vor die Tür des Stationshauses setzen.

Tim arbeitete auf Colonial Island als Biologe und überwachte die Freilandversuche seines Arbeitgebers, eines großen Unternehmens der Gentechnik.

Auf der Insel wurden nämlich verschiedene Sorten Getreide und Mais angepflanzt, denen dank des gentechnischen Forschungseifers der Wissenschaftler raues Klima und karge Böden nichts ausmachten.

Darin lag auch der Grund, weshalb sich die Firma für den Standort der Versuchsstation ausgerechnet für Colonial Island entschieden hatte. Zum einen herrschte auf der Insel die meiste Zeit ausgesucht schlechtes Wetter. Zum anderen brauchte sich das Unternehmen hier nicht um Proteste besorgter Naturschützer und Landwirte zu kümmern.

Tims Arbeitspensum für heute war bereits erfüllt. Er hatte die Maisstauden in den Feldern vermessen und Proben entnommen, die er am Abend in seinem gut ausgestatteten Labor näher untersuchen wollte.

Samantha war früher als sonst von ihrem allabendlichen Ausflug heimgekehrt und hatte sich mit nassem Fell und zufriedenen Gesichtsausdruck an ihren warmen Stammplatz zurückgezogen.

Tim wusste aus Erfahrung was das bedeutete. In den Feldern lebten genügend Mäuse und heute war Sammy anscheinend bei der Jagd ganz besonders erfolgreich gewesen.

Die Nager waren in den vergangenen Jahren durch die Versorgungsschiffe eingeschleppt worden und hatten sich inzwischen explosionsartig vermehrt. Selbst Ratten hatte Tim auf den Feldern schon gesehen.

Er schüttelte sich. Im Gegensatz zu Sammy mochte Tim keine Ratten!

Von diesem unerfreulichen Detail einmal abgesehen war Tim mit seinem Arbeitsplatz im Großen und Ganzen zufrieden. Sein Haus lag oberhalb des Inselplateaus und war ziemlich geräumig. Mehr als vierzig Meter Steilklippe trennten ihn vom Meeresspiegel und er brauchte Hochwasser und Sturmfluten nicht zu fürchten. Das Dieselaggregat lieferte genug Strom und Wärme und dank des Tiefbrunnens musste er mit Süßwasser nicht sparen. Im flachen Anbau an seinem Haus stand ein alter aber zuverlässiger Jeep, mit dem er die unbefestigten Wege zwischen den Feldern befahren konnte.

Eine fast perfekte Idylle, wenn man sich vor der Einsamkeit und dem schlechten Wetter nicht fürchtete. Tim hatte weder mit dem einen noch mit dem anderen irgendwelche Probleme.

Er tippte die letzten Zeilen seines Tagesberichtes in den Computer. Dann ging er in das angrenzende Labor, denn er wollte die Analysen noch vor dem Schlafengehen fertig stellen.

- - -

Zu diesem Zeitpunkt war das Schiff noch ziemlich weit von Tims Haus entfernt. Genauer gesagt betrug sein Abstand derzeit sieben Milliarden Kilometer, also ungefähr sechseinhalb Lichtstunden.

Hätte ein Beobachter den Kurs des Schiffes zurückverfolgt, so wäre er auf die Kleine Magellansche Wolke im Süden der Galaxis gestoßen.

Die Steuerautomatik hatte seine beiden Piloten, sie hießen Kuul und Aarnum, beim Erreichen des Sonnensystems programmgemäß vitalisiert. Nun hielten die beiden alle ihre Augen und die Schiffssensoren auf die verschiedenen Planeten gerichtet.

Ihr Schiff war eines von Tausenden von Saatschiffen, deren Auftrag darin bestand, in der Milchstraße bewohnbare Planeten zu finden um diese zu kolonisieren.

Als wichtigste Ausstattung hatte es deshalb einen Brüter an Bord, der es Aarnum und Kuul erlaubte nach ihrer Ankunft Millionen und Abermillionen ihrer Artgenossen aus strahlungssicher gelagerter Erbmasse zu synthetisieren. Die Neuankömmlinge konnten sich dann auf dem besuchten Planeten rasch ausbreiten.

Ob es bereits Eingeborene auf dieser Welt gab war ihnen im Grunde genommen völlig gleichgültig. Die Besucher verfügten über wirksame Methoden um ihre Interessen gegen Jedermann durchzusetzen!

Das Ergebnis der Atmosphärenanalyse des dritten Planeten hätte Aarnum und Kuul sicher freudig gestimmt, wären sie zu derartigen Gefühlen überhaupt fähig gewesen.

So nahmen sie lediglich zur Kenntnis, dass der dritte Planet dieser gelben Sonne geeignete Lebensbedingungen für ihr

Volk aufwies und zudem soviel elektromagnetische Strahlung aussandte wie ein kleiner Radiostern.

Dies war ein untrügliches Zeichen dafür, dass es auf diesem Planeten bereits intelligente Lebensformen gab. Dieser Umstand war ihren Plänen sogar förderlich. Eine existierende Zivilisation zu übernehmen war schließlich viel einfacher als eine neue komplett aufzubauen.

Aarnum und Kuul setzten den Kurs und begannen sich auf die Ankunft in ihrer neuen Heimat vorzubereiten.

- - -

Manchmal beeinflussen die kleinsten Dinge Geschehnisse größter Tragweite. In unserem Fall war es ein Gesteinsbrocken mit weniger als fünfzig Kilogramm Masse, der gleich Weltgeschichte schreiben würde.

Der Stein bildete zusammen mit Millionen seiner Brüder den Asteroidengürtel, der sich zwischen Mars und Jupiter erstreckt.

Die Umlaufbahn unseres kleinen Felsens, dem kein Wissenschaftler je einen Namen geben würde, war stark elliptisch und kreuzte bei seiner Reise durch das Sonnensystem daher auch die Bahnen der weiter innen liegenden Planeten.

Der Zufall wollte es, dass dieser Steinbrocken gerade jetzt mit hoher Geschwindigkeit auf die Erdatmosphäre traf und darin in einer prächtigen Sternschnuppe verglühte.

Die Menschen, die Sternschnuppen als Glücksboten feiern, hätten in diesem speziellen Fall einen wirklichen Anlass zur Freude gehabt.

Doch niemand auf der Erde ahnte etwas von dem, was sich in diesem Augenblick gerade im Orbit abspielte.

- - -

Kuul und Aarnum hatten ihr Schiff an ihren Zielplaneten heranmanövriert und in eine stabile Umlaufbahn gebracht.

Aus dieser Position heraus wollten sie zunächst in aller Ruhe die Oberfläche untersuchen. Sie benötigten zunächst einen unbewohnten, geschützten Platz, an dem sie landen, sich häuslich einrichten, den Brüter aktivieren und ihr Volk reanimieren konnten.

Um den Planeten in Besitz zu bringen brauchten sie schließlich eine Armee.

Kuul diskutierte mit Aarnum gerade die Vor- und Nachteile möglicher Landeplätze als ein harter Ruck durch das Schiff ging.

Unser kleiner, namenloser Felsbrocken war mit dem Schiff kollidiert und hatte trotz aktivierter Abwehrschirme die Hülle des Maschinenraums durchschlagen.

Zwar verhinderten die Sicherheitsschotts eine explosive Dekompression, doch die Schäden an den Maschinen waren so groß, dass die Haupttriebwerke ausfielen. Das Schiff begann zu rollen und tauchte in die oberen Schichten der Atmosphäre ein.

Die beiden Besatzungsmitglieder empfanden ob der Havarie keine Angst, denn Gefühle dieser Art waren ihnen fremd. Ihre Sorge galt lediglich ihrer Mission und der Fracht des Schiffs, das nun als hilfloses Wrack zur Planetenoberfläche hinabstürzte.

Wenigstens arbeiteten die Hilfstriebwerke noch. Damit konnten die Piloten das Schiff zumindest so ausrichten, dass es in der Lufthülle nicht zerbrach und verglühte. Doch es trudelte weiter und verlor immer mehr an Höhe.

Die Piloten wussten, dass ein Absturz unvermeidlich war. Sie berechneten den Aufschlagspunkt bei etwa fünfundfünfzig Grad auf der Nordhemisphäre.

Kuul empfand beinahe so etwas wie Verzweiflung als er die endlose Wasserfläche unter sich sah. Bei einem Absturz ins Meer wäre ihre Mission unwiderruflich gescheitert. Erst im letzten Moment entdeckte er in der Weite des Atlantiks ein kleines Fleckchen Erde.

Kuul richtete das Schiff darauf aus und wartete geduldig auf den Aufprall.

- - -

Ein hohles Pfeifen, das zu einem Kreischen anschwoll und in einem ohrenbetäubenden Knall endete, riss Tim jählings aus seinem Schlummer.

» Was zum Teufel war denn das? «

Tim tastete nach dem Lichtschalter. Dann öffnete er den Fensterladen und spähte in die Nacht hinaus.

Der Nebel war noch immer genauso dicht wie am Abend zuvor. Doch in südwestlicher Richtung sah er einen im Dunst flackernden Feuerschein.

» Ein Flugzeug ist in die Felder gestürzt! Vielleicht ist noch etwas zu retten! Ich muss sofort hin! «

Hastig zog er sich an und stürzte nach unten in die Garage.

Zwar kannte er alle Wege auf der Insel wie seine Westentasche, doch bei diesem Nebel kam er mit dem Jeep nur langsam voran.

Im Schritttempo tastete er sich vorwärts, dem orangeroten Feuerschein entgegen.

- - -

Langsam setzten Aarnums Wahrnehmungen wieder ein. Er hing an seinen Tentakeln kopfüber in der Pilotenkanzel. Überall an seinem Körper fühlte er Schmerzen. Doch da der Schutzreflex seine Haut vor dem Aufschlag verhärtet hatte, war er ohne Verletzungen davongekommen. Neben ihm hob auch Kuul gerade seine Schutzstarre wieder auf.

Die beiden krochen aus den Trümmern.

Im Moment des Aufpralles hatte die Notautomatik das Schiff mit einem besonders starken Magnetkissen umgeben und gleichzeitig die Pilotenkanzel abgesprengt. Dieser Umstand hatte ihr Leben gerettet.

Ein Wald aus hohen stangenartigen Pflanzen mit schmalen, langen Blättern umgab sie. Durch diesen hatte das Wrack beim Absturz eine Spur der Verwüstung gezogen. Die Schneise wurde durch zahlreiche Feuer flackernd erleuchtet.

Nach dem Aufprall war im Mutterschiff der Schwerkraftgenerator detoniert. Kuul und Aarnum konnten nicht erkennen, ob wenigstens der Brüter Aufprall und Explosion überstanden hatte.

Doch das war im Augenblick nicht wichtig. Als Allererstes mussten sie sich transformieren. Der Absturz war sicherlich bemerkt worden und sie brauchten zur Tarnung neue Körper, in denen sie auf dieser Welt nicht auffielen.

Aufmerksam sondierten sie ihre Umgebung nach potentiellen Opfern. Im Dickicht um sie herum spürten Kuul und Aarnum die Gedanken vieler Lebewesen. Kuul griff das erste an, das ihm geeignet erschien.

Seine hypnotische Kraft zwang das Wesen heranzukommen bis es er schließlich berühren konnte. Es war kleiner als Kuul doch er zögerte nicht, es zu übernehmen. Sein Körper blähte sich auf, wallte und zuckte. Dann drangen die Invasionszellen in den Körper seines Opfers ein.

Einige Minuten später hatte Kuuls Geist den Körper des Wesens eingenommen. Seinen Vorbesitzer hatte Kuul verdrängt und getötet.

Ganz zufrieden war er mit seiner neuen Errungenschaft jedoch nicht.

» Vier Füße, Zähne, ein Schwanz und ein vergleichsweise einfaches Gehirn! «

Kuul überlegte

» Das ist bestimmt nicht die herrschende Spezies auf diesem Planeten. «

Inzwischen hatte Aarnum ein ähnlich aussehendes Wesen bezwungen.

Mit den neuen Körpern hatten sie auch die Kenntnisse und Erfahrungen ihrer Opfer geerbt. Das war zwar nicht eben viel, doch für den Augenblick musste es eben reichen. Immerhin konnten sie sich jetzt ohne Gefahr der Entdeckung auf dem Planeten frei bewegen und das war das Wichtigste.

Sie konnten ihre Körper schließlich jederzeit wieder wechseln, wenn sie besser geeignete Wesen gefunden hatten. Einen Körper zu übernehmen kostete zwar Zeit und Kraft, aber sie hatten keine andere Wahl. Starb nämlich ein übernommener Körper bevor sie ihn verlassen konnten, so starben sie mit ihm.

Doch daran dachten weder Aarnum noch Kuul. Ihre telepathische Verbindung klappte auch in den neuen Körpern ganz vorzüglich. Sie überlegten gemeinsam, was als nächstes zu tun war.

Zunächst untersuchten sie die Wrackteile. Der größte Teil des Schiffes war beim Aufprall zerstört worden. Die Explosion des Schwerkraftgenerators hatte die molekularen Bindungskräfte in der Umgebung so weit verringert, dass sich der gesamte Schiffsrumpf in Gas verwandelt und verflüchtigt hatte.

Der Brüter, der über einen besonders starken Strahlungsschutz verfügte, war zwar beschädigt, schien jedoch reparierbar zu sein. Das Wichtigste aber war, dass der Tank mit der Erbmasse unversehrt geblieben war. Sie konnten die Erbinformation und damit ihr Volk retten, wenn es ihnen gelang, ein geeignetes Brutlabor aufzubauen.

Aarnum und Kuul bugsierten den zylindrischen Tank vorsichtig aus der Schneise in den angrenzenden Wald. Dann aktivierte Aarnum die Selbstvernichtungsschaltung der Pilotenkanzel, die sich nun ihrerseits in einer Gaswolke auflöste.

Damit waren erst einmal alle Spuren beseitigt.

\- - -

» Ein Horrortrip! «

Tim schimpfte hinter seinem Steuer.

Der Jeep schaukelte und holperte über den Verbindungsweg nach Westen. Von Zeit zu Zeit stießen die Räder auf einen Feldstein. Dann wurde Tim aus seinem Sitz gehoben und gegen das Stoffdach geworfen.

So kämpfte sich Tim an die Absturzstelle heran. Die letzten Meter musste er querfeldein durch die Maisstauden fahren.

Schließlich stand er mitten in einer schmalen Schneise in der Wrackteile brannten und qualmten. Überlebende sah er nicht und von dem Flugzeug war kaum etwas übrig geblieben.

Aber war das denn überhaupt ein Flugzeug gewesen? Tim kamen inzwischen Zweifel. Die Schneise war dafür eigentlich viel zu schmal. Außerdem gab es keine Spur von Flügeln oder Rotoren.

» Das sieht mir eher wie die Überreste einer kleinen Rakete aus! Verdammtes Militär! Nicht auszudenken, wenn die Idioten mein Haus getroffen hätten! «

Die Feuer waren inzwischen fast erloschen. Hier gab es für ihn nichts mehr zu tun. Schimpfend ging er zurück zu seinem Jeep. Schließlich kannte er die Zusammenhänge nicht und hielt das Ganze für das Ergebnis einer verunglückten Schießübung eines Kriegsschiffes.

Auf dem Weg zum Jeep stolperte Tim über einen fahlgelben Zylinder, etwa so groß wie ein Feuerlöscher. Er hob seinen Fund auf und betrachtete ihn im Licht der Autoscheinwerfer.

» Hm! Was könnte das wohl sein? «

Er gab sich gleich selbst die passende Antwort.

» Ein Tank oder so etwas Ähnliches. Vielleicht können die drüben etwas darüber herausfinden. Ich rufe gleich an! «

Drüben, damit meinte er das Festland.

Er stieg wieder in seinen Jeep. Zwischen den Maisstauden huschten im Lichte der Scheinwerfer Schatten mit spitzen Schnauzen und dunklen Knopfaugen herum.

» Verdammte Ratten! «

Tim fluchte und warf einen letzten Blick auf die Stätte der Zerstörung.

Dann wendete er den Jeep und fuhr zurück zu seinem Haus.

- - -

Die dunklen Knopfaugen hatten Tim bereits seit seiner Ankunft beobachtet. Aarnum und Kuul hielten sich im Dickicht verborgen und überlegten gemeinsam was sie tun konnten.

» Wir müssen ihn unbedingt übernehmen. Er scheint zu einer intelligenten Spezies zu gehören. Das kann unseren Plänen sehr nützlich sein! «

Die Entscheidung fiel, als Tim den Behälter fand.

» Wir müssen ihm folgen. Er hat den Brüter entdeckt! Er darf damit nicht entkommen! «

» Rasch ins Fahrzeug! «.

Für Kuul und Aarnum gab es kein Problem, in das Fahrzeug des Fremden zu gelangen.

Zusammen mit ihren neuen Körpern hatten sie ein sehr gutes Sprungvermögen geerbt. Sie versteckten sich unter den Sitzen. Die Fahrt über die holprigen Wege war unbequem und dauerte für ihren Geschmack viel zu lange.

Doch sie beschwerten sich nicht. Inzwischen waren sie übereingekommen, dass es zu gefährlich war den Humanoiden noch während der Fahrt zu attackieren. Sie mussten warten, bis sie mehr über ihn, seine Ansiedlung und mögliche Mitbewohner herausfinden konnten.

Schließlich war die Fahrt zu Ende. Vorsichtig huschten die beiden hinter dem Zweibeiner aus dem Fahrzeug hinaus. Sie befanden sich in einem für ihre Verhältnisse riesigen Raum. Ein Teil der Wand war aufgeklappt. Durch die Öffnung konnten sie in die dunkle, nebelverhangene Nacht blicken.

Eine kurze Verständigung und Kuul rannte durch die Klappe hinaus, bevor der Zweibeinige sie schließen konnte. Kuul sollte Umgebung und Gebäude näher untersuchen.

Aarnum hingegen würde dem Humanoiden auf den Fersen bleiben um ihn bei einer günstigen Gelegenheit zu übernehmen. Er folgte dem Zweibeinigen durch einen Gang bis zu einem Raum, den Aarnum als Laboratorium identifizierte.

Er sah sich um und stieß dabei unwillkürlich einen leisen Pfiff aus. Auf Tischen standen Instrumente eines gut ausgerüsteten chemischen oder biologischen Labors. Der Zweibeinige legte den Behälter mit der Erbmasse daneben.

» Mit diesen Apparaten und der Hilfe des Zweibeiners können wir unser Volk reproduzieren. « signalisierte Aarnum seinem Partner.

» Ich werde ihn sofort übernehmen! «

Leise trippelte er hinter dem Großen her in den Nachbarraum. Der Zweibeinige hatte sich dort in einen weichen Sessel gesetzt. Aarnum huschte hinter den Sitz.

» Sehr gut! Ruhe dich nur aus! Ich werde sofort mit deiner Übernahme beginnen! «

In diesem Moment geschah etwas sehr Merkwürdiges. Aarnum hatte die ganze Zeit unterbewusst Kontakt zu Kuul gehalten, der um das Haus herumgeschlichen war um die Gegend zu sondieren. Auf einmal war der gedankliche Kontakt abgerissen.

Aarnum hatte für einen kurzen Moment die telepathische Vision von etwas Großem und Dunklem gehabt. Danach waren Kuuls Gedanken plötzlich abgebrochen.

Doch Aarnum hatte seine Gedanken bereits fest auf Humanoiden fokussiert, der mit dem Rücken zu ihm in seinem Sessel saß. Das Gehirn des Fremden war ziemlich komplex und daher entsprechend schwierig zu beeinflussen.

Aarnum brauchte aber Zeit um aus seiner jetzigen Form in den Körper des Humanoiden einzudringen. Deshalb musste er den Fremden zunächst einschläfern damit dieser derweilen nicht fliehen konnte. Er konnte und wollte im Augenblick seine Konzentration nicht brechen. Um Kuul würde er sich später kümmern.

Er spürte wie die Gedanken des Fremden unter seinem hypnotischen Druck erschlafften. Gleichzeitig sank der Körper seines Opfers im Sessel in sich zusammen.

Die anstrengende Konzentration hatte aber auch Aarnum erschöpft. Bevor er sich an die Haut der Beine des Schlafenden heranmachen konnte um in dessen Körper einzudringen musste er für einen Moment rasten. Aarnum schloss kurz seine Augen.

Plötzlich durchzuckte ihn ein rasender Schmerz und Panik wallte in ihm auf. Etwas riesiges, Schwarzes hatte sich über ihn geworfen und ihm blitzschnell das Genick gebrochen.

Kurz bevor Aarnum starb wurde ihm klar, dass ihre Mission endgültig gescheitert war.

- - -

Tims Gedanken kehrten träge in die Wirklichkeit zurück. Er gähnte und räkelte sich wohlig in seinem Sessel. Draußen begann es bereits wieder hell zu werden. Langsam setzte seine Erinnerung wieder ein.

» Ich muss wohl im Sessel eingeschlafen sein« dachte er benommen.

» Ja, ja Sammy. Sag' bitte nichts über deinen Menschen! Wie ich dich kenne, hast du die ganze Zeit selbst vor dich hin gedöst! «

Samantha saß wie üblich an ihrem Platz hinter dem Monitor und leckte sorgfältig ihre Vorderpfoten. Tim hatte den Eindruck, dass sie äußerst zufrieden dreinblickte.

Als sich Tim erhob, stieß sein Fuß gegen etwas Weiches, Pelziges, das direkt neben seinem Sessel lag. Neugierig schaute er nach unten.

Zu seinen Füßen lag der abgetrennte Kopf einer fetten Ratte. Auf ihren erstarrten Gesichtszügen stand blankes Entsetzen. Ein Stückchen weiter lag ein langer, nackter Schwanz. Vom Rest war nichts mehr zu sehen.

» Sammy, Sammy! « rief Tim angewidert.

» Wie oft habe ich dir gesagt, du sollst das Viehzeug draußen fressen! So eine Sauerei! «

Doch die Retterin der Erdbewohner gähnte nur. Dann streckte sie sich behaglich und sprang elegant zu Boden.

» Wir wollen doch einmal sehen was mir mein Mensch zum Nachtisch anbieten wird. «

Abenteuerurlaub

Dieses Mal ging es uns wirklich an den Kragen!

Die bunt gekleideten Eingeborenen hatten uns von allen Seiten umringt. Sie sangen was das Zeug hält und fuchtelten kriegerisch mit ihren Armen.

Mittendrin standen wir und wussten weder was sie von uns wollten noch um was es überhaupt ging. Ich hatte eine Heidenangst, dass sie jeden Augenblick über uns herfallen würden.

Dabei hatte alles so harmlos angefangen.

- - -

Handelswissenschaften zu Studieren ist wahrhaftig kein Zuckerschlecken. Du hängst den ganzen Tag in irgendwelchen Hörsälen herum und wirst mit jeder Menge von Details vollgestopft, die du dann im Prüfungsstress wiederkauen sollst. Das Ganze gibt dir einen Vorgeschmack auf das, was dich später im Berufsleben erwartet.

Na ja! Ganz und gar unattraktiv ist der Job ja nicht, das gebe ich schon zu. Wenn du den Stress im Studium überstehst, dann bekommst du einen interessanten Arbeitsplatz, du lebst komfortabel und kommst weit herum.

Doch das alles hat auch seinen Preis. Deshalb wird von uns Studenten nicht nur Intelligenz und Fleiß verlangt sondern mehr und mehr auch soziale Kompetenz.

Klingt gut, nicht wahr?

In Wahrheit müssen wir vor allem lernen, an wen wir unsere Waren verkaufen dürfen und an wen nicht. Mit dem meisten, was bei uns hergestellt wird, kann man schließlich sich selbst und andere auf höchst effiziente Weise umbringen. Deshalb gibt es jede Menge Handelsbeschränkungen.

Da wir Handel treiben und nicht etwa Kriege anzetteln wollen müssen wir lernen unsere Handelspartner zu beurteilen und zu bewerten, damit wir nur an die richtigen liefern. Und dazu wiederum müssen wir üben, uns selbst mit den rückständigsten Primitivlingen zu verständigen, denn die könnten ja unsere Kunden von Morgen sein.

So jedenfalls steht es im Lehrplan, wenn auch netter formuliert.

Nun hatten aber weder Jock noch ich richtig Lust, sich näher mit diesen Problemen zu beschäftigen. Wir hatten uns andere Schwerpunkte gesetzt, beispielsweise möglichst schnell möglichst reich zu werden.

Doch bevor wir dieses Ziel erreichten mussten auch wir das Examen bestehen und dazu brauchten wir nun einmal diesen Schein.

Glücklicherweise plagte nicht nur uns dieses Problem. Deshalb boten inzwischen findige Reiseveranstalter Kurztrips für Studenten an, auf denen man das Notwendigste lernen konnte. Noch erfreulicher war, dass man am Ende auch den begehrten Nachweis erhielt, zumindest, wenn man dazu die nötige Kohle auf den Tisch legt.

Gesagt, getan! Kurz entschlossen buchten Jock und ich den Trip. Damit schien alles in bester Ordnung und wir hatten die Prüfung mehr oder weniger in der Tasche.

Zumindest glaubten wir das!

Der Trip ging in irgendeine abgelegene Ecke, wo wir Land und Leute kennenlernen sollten. Irgendwie war ich inzwischen neugierig auf das Arrangement und freute mich sogar ein wenig darauf. Vielleicht würde es spannend werden!

Doch damit lag ich zunächst einmal ziemlich falsch!

Nun standen wir also da, mitten in unserer Reisegruppe, in einem Dorf der Eingeborenen, und der Instruktor erzählte extrem unspannende Details aus deren Geschichte. Um uns herum herrschte buntes Treiben, dem lediglich Völkerkundler etwas abgewinnen konnten.

Uns hatte man passend ausstaffiert, so dass wir nicht allzu sehr auffielen. Man hatte uns Mietkörper zugeteilt, die alles in allem schon recht abgenutzt aussahen. Doch der Verleih hatte mir versichert, dass technisch damit alles in Ordnung war, Motorik, Sensorik und so.

Nun ja, Sehen und Hören klappte vorzüglich. Doch ich hoffte, dass ich nicht auszuprobieren brauchte wie schnell das Ding im Notfall rennen konnte.

Keine Ahnung, ob all die anderen Sinne im Alltag funktionierten. Aber Jock und ich waren da zuversichtlich. Vielleicht waren wir auch nur ein bisschen naiv.

Sogar ein paar Brocken der Sprache der Einheimischen hatte man uns eingetrichtert. Eigentlich Zeitverschwendung, denn für den täglichen Gebrauch besaßen wir einen automatischen Übersetzer. Er kam mit den Dialekten, die an unserem Reiseziel gesprochen wurden, recht gut klar. Nur brauchte er immer einen Augenblick um die richtigen Worte herauszusuchen.

Da wir sowieso nicht als Einheimische durchgehen konnten, hatte man uns empfohlen so zu tun als seien wir Ausländer oder zu behaupten wir hätten Hörprobleme. Doch normalerweise sollten wir gar nicht in Verlegenheit kommen viel zu sprechen.

» Bleiben Sie bei der Gruppe! « hieß es dazu in den Instruktionen.

» Halten Sie sich von Kulten und Ritualen fern und mischen Sie sich nicht in lokale Gebräuche ein, damit Sie nicht zu Schaden kommen! «

Das klang gleichermaßen vernünftig wie langweilig. Jock und ich unterdrückten unsere Müdigkeit und sahen uns verstohlen um, während der Reiseführer uns langatmig mit Details zu dieser Kultur bombardierte.

Wir standen hier an einer historischen Stätte. Für uns sah sie aus wie ein mäßig breiter Platz, der mit grauen Steinen gepflastert war. Die meisten Bauten um uns herum bestanden aus diesen rohen Quadern, die man bis zu einer erstaunlichen Höhe aufeinander getürmt hatte. Die Dächer waren meist flach und schräg. An ein paar Gebäuden gab es auch phantasievollere Formen mit Türmen, die in irgendwelchen Spitzen ausliefen, deren Bedeutung sich uns jedoch nicht erschloss.

Zwischen den Bauten verliefen Streifen aus einem grauschwarzen, harten Material, auf dem die Einheimischen seltsame Fahrzeuge bewegten. Hier wo wir standen gab es allerdings nur Fußgänger. Fast alle Eingeborenen die wir sahen hatten eine durchweg ungesund blasse Hautfarbe. Die machten sie jedoch durch ihre schrillfarbigen Umhänge wieder wett.

Und dann waren da auch noch die Gerüche! Direkt nach der Ankunft hatte ich gedacht, ich würde davon ohnmächtig werden. Aus fast jedem Haus waberte der Gestank von Fett und Tierkadavern, von denen sich diese Leute ernährten. Es dauerte eine ganze Weile, bis ich mich daran gewöhnt hatte.

Jock hingegen ließ sich nichts anmerken. Er hatte schon immer behauptet viel zu reisen und spielte gerne den weltgewandten Lebemann. Doch ich kannte ihn lange genug, diese seine Macke zu durchschauen.

Inzwischen erklärte der Instruktor die heutige Lektion für beendet. Der Nachmittag stellte eine Übungsstunde dar. Wir sollten selbstständig den heute gelernten Stoff vertiefen und dazu ein wenig auf eigene Faust herumwandern.

Jock schien nur darauf gewartet zu haben. Er fieberte darauf, selbst mit den Eingeborenen Kontakt aufzunehmen, obgleich der Instruktor jegliche Verantwortung dafür ablehnte.

» Los! Komm, bevor es sich jemand anders überlegt! «

Wir bogen um die nächste Ecke. Dort verlief wieder eine breite Gasse. Hier gab es keine Fahrzeuge. Dafür standen rohe Tische und Bänke vor höhlenartigen dunklen Räumen herum, aus denen es penetrant nach gebratenen Tierkörpern roch.

Die Sonne schien, es war recht warm und überall streunten die bunt gekleideten Eingeborenen aller Größen herum. Manche saßen auch einfach auf den Bänken und sonnten sich.

Nein, ganz so stimmte das nicht!

Auf den Tischen vor ihnen standen rohe Teller mit dampfendem Fleisch darauf. Offenbar nahmen sie hier ihre Nahrung zu sich. Ich sah mir diese unappetitlichen Fleischbrocken näher an, obgleich es mich innerlich grauste.

Der Übersetzer bezeichnete sie als »erhitzte Fußgelenke eines Paarzehhufers. «

Zwar hatte ich keine Ahnung was dies auch immer für ein Geschöpf sein mochte, doch den Leuten schien es zu schmecken.

Sechs dieser Eingeborenen hielten Gefäße in ihren Händen, die mit einer ungesund aussehenden schäumenden Flüssigkeit gefüllt waren. Die Typen waren allesamt hoch gewachsen und wirkten massig und kräftig. Sie trugen einheitliche Kleider als seien sie uniformiert. Schwarze Jacken aus glänzender Tierhaut, die mit seltsamen Emblemen verziert waren. Ein roter Kreis umfasste eine blau-weiß geschuppte Graphik.

Einer der Eingeborenen hatte unsere Blicke bemerkt.

» Jo was schaut's dann? « fragte er brummig.

Jock stammelte irgendetwas, das die Leute offenbar nicht recht verstanden.

» I hab 's! Ihr seid's bestimmt Amis! «

So lautete die Analyse des Größten der Gruppe, vermutlich deren Anführer.

Hastig befragte ich den automatischen Übersetzer nach dem Wort das mir überhaupt nichts sagte. Dabei hatte ich wohl übersehen, dass er mit der Sprachauswahl durcheinander gekommen war. Doch ich hatte keine Zeit dies zu korrigieren, da ich fürchtete, unsere Gesprächspartner könnten jeden Moment bösartig werden.

Um sie zu beruhigen und gleichzeitig unsere friedlichen Absichten zu beweisen rief ich.

» Ja, ja! Freund! Ami! Nous sommes des amis. Freunde! «

» Hob I's doch g'sogt. Es san's Amis! « brummte der Anführer befriedigt.

» Kommt's Loideln, setzt's euch dazua! «

Das war die Gelegenheit, auf die Jock nur gewartet hatte. Endlich konnte er Kontakt aufnehmen. Er blinzelte mir zu und ließ sich auf einen freien Platz fallen. Ich setzte mich ihm gegenüber.

» Kommt's zum Spuil heit obend? « fragte neugierig der, den wir für den Anführer hielten.

Ich hatte keine Ahnung von was die redeten und hatte ganz den Eindruck, dass auch Jock nicht recht wusste um was es ging. Bevor er etwas erwidern konnte fuhr unser neuer Freund fort.

» Wollt's Koarten? I hob noch zwoi für'n Sonderpreis! «

Jock ließ sich das nicht zwei Mal sagen. Schließlich war er Handelswissenschaftler, zumindest ein angehender. Lokales Geld hatte man uns bereitgestellt, so konnte das Geschäft abgewickelt werden. Dem zufriedenen Grinsen unseres neuen Handelspartners nach zu urteilen hatten wir vermutlich nicht den effizientesten Abschluss getätigt, doch uns war das erst einmal einerlei.

Inzwischen hatte ein Diener oder Sklave - ganz hatten wir das System der Bewirtung noch nicht durchblickt - auch uns solch ein Gefäß mit der gelblich schäumenden Flüssigkeit hingestellt.

Unsere Tischnachbarn hoben ihre Gläser für einen Salut als sie plötzlich Unruhe ergriff.

Auf der Straße näherte sich eine Gruppe ähnlich Uniformierter. Nur trugen diese ein rotes Emblem auf der Kleidung auf dem das Bild eines Tierkopfes mit langen, spitzen Hörnern zu sehen war.

Sie nahmen gegenüber unseren Gastgebern eine drohende Haltung ein und sangen dazu ein Kampflied. Dieses war völlig unverständlich, denn es besagte - grob übersetzt -die Angreifer würden planen, unseren Freunden eine aus Tierhaut bestehende Beinbekleidung abzunehmen. So behauptete das zumindest unser Übersetzer.

Aus dem Gesang und den Symbolen die sie trugen schloss ich, dass es sich bei den Neuankömmlingen um militante Tierschützer handeln musste. Vor denen hatte uns unser Instruktor im Unterricht bereits gewarnt.

Verstohlen blickte ich unter den Tisch. Aus den Lektionen wusste ich, dass das Entfernen der Beinbekleidung von den Eingeborenen als besondere Beleidigung angesehen wird, denn sie litten an einer Art von Nacktheitstabu. Zu meiner Erleichterung sah ich, dass keiner unserer Nachbarn solch ein ledernes Kleidungsstück trug.

Was die Tierfreunde so erregt hatte konnte ich also nicht sagen. Bei dem Drohgesang musste es sich um einen Ritus handeln.

Ich begann den Verdacht zu hegen, dass die gebratenen Fußgelenke, welche unsere neuen Freunde mit Appetit verzehrt hatten, vielleicht von genau dem Tier stammten welches diese Leute verehrten. Das hätte uns bestimmt in eine gefährliche Situation gebracht.

Doch glücklicherweise blieben uns Feindseligkeiten erspart. Die Angreifer in spe zogen singend weiter ohne auch nur eine ihrer Drohungen wahr zu machen.

» Die moch'n mer heit obend fertig! I sog ders! « murmelte mein Sitznachbar, doch es hörte sich nicht wütend an sondern klang irgendwie nach freudiger Erwartung.

Wir hoben erneut die Gläser und ich nahm einen vorsichtigen Schluck von dem Gebräu. Es schmeckte fremdartig.

Doch schien es nicht gefährlich zu sein, denn mein Leihkörper protestierte nicht dagegen.

So verging der Nachmittag und es wurden einige Trinkgefäße geleert. Mit der Zeit schmeckte das Getränk mir, beziehungsweise meinem Leihkörper, immer besser.

Mit der hereinbrechenden Dämmerung erhoben sich schließlich unsere Freunde und winkten uns, ihnen zu folgen. Zwar hegte ich deswegen gewisse Bedenken, doch Jock zog mich einfach mit sich mit. Mitten auf der Straße befand sich der Eingang zu einem höhlenartigen Labyrinth. Es begann mit einer einfachen Treppe und zog sich dann weit unter der Straße hin. Dort unten verlief eine Art von mechanischem Transportsystem auf Schienen, über das wir bereits im Unterricht erfahren hatten.

Ich zählte drei Arten von Eingeborenen die in Gruppen neben den Schienen standen. Die einen trugen das rot-weiß-blaue Emblem, die anderen das Tiersymbol und zwischen diesen beiden offenbar verfeindeten Parteien standen einheitlich schwarz gekleidete Personen. Sie benahmen sich unauffällig, doch sie beobachteten scharf das lebhafte Treiben der anderen.

Nicht nur, dass sie ganz offensichtlich bewaffnet waren. Ihre Statur und ihr Auftreten legten nahe, dass man mit ihnen besser keinen Streit anfing. Sicher waren das irgendwelche Soldaten oder Wächter.

Unsere Freunde ließen sich davon nicht beirren. Sie strebten zu den Ihresgleichen und zogen uns einfach mit in den

Wagen. Nicht dass dort für alle ausreichend Platz gewesen wäre. Es drängten sich dazu viel zu viele der bunt Gekleideten auf engstem Raum. Doch das Gedränge hatte den entscheidenden Vorteil, dass man nicht stürzen konnte, als das Fahrzeug schließlich losfuhr.

Insgesamt dauerte der Trip durch das Tunnelsystem für meinen Geschmack viel zu lange. Ich war erleichtert, als die ganze Gesellschaft endlich wieder hinaus an die Oberfläche gelangte. Von dort aus strömten ganze Scharen auf ein Bauwerk zu, das aus der Entfernung wie ein plattgedrücktes Frachtschiff aussah und von innen heraus düsterrot glühte.

Das sah zwar höchst gefährlich aus, doch anscheinend war das Glühen harmlos, denn unsere Freunde schwatzten munter. Sie lotsten uns durch Gittertore und über Wege, scharfäugig bewacht von schwarz gekleideten Hünen von der Art, die wir bereits an der unterirdischen Schienenbahn beobachten konnten.

Schließlich erreichten wir das, was unsere Begleiter als »Kurve« bezeichneten. Das war eine Art breiter Treppe mit rohrartigen Geländern an denen sich die Eingeborenen dicht an dicht anlehnten.

Zum ersten Mal erkannte ich den Sinn in dem Gesamtkonzept. In unserer Kurve gab es keinen der Tierschützer. Alle Leute, die die Ziegensymbole trugen, drängten sich in dem gegenüberliegenden Teil des Bauwerks und waren von unserer Gruppe durch Gitterzäune sicher getrennt.

Irgendwie war ich darüber erleichtert, denn bei all den

Drohgebärden und Schmähgesängen hatte ich praktisch jeden Augenblick mit offenen Kampfhandlungen gerechnet.

Jock blickte fragend zu mir herüber. Offenbar wusste auch er nicht so recht, was uns hier erwarten würde. Vor und unter uns gab es einen mit niederen Pflanzen überwucherten flachen Platz. Auf die Pflanzen waren Symbole gemalt, Kreise und Linien, die höchstwahrscheinlich irgendeine rituelle Bedeutung hatten, die wir auf die Schnelle nicht ergründen konnten. Wir wollten unsere Gastgeber nicht fragen um sie nicht gegen uns aufzubringen.

Mir wurde mehr und mehr mulmig zu Mute und mein Kopf schwirrte von all den Stimmen um mich herum. Inzwischen hatten sich nämlich bereits Tausende der Eingeborenen in dieser Stätte eingefunden. An den langgezogenen Seiten saßen sie auf Bänken. An beiden Enden, dort wo wir, beziehungsweise die uniformierten Tierfreunde standen, war sogar weit mehr los.

Jock mittendrin machte ein glückliches Gesicht und schien sich ausnehmend wohl zu fühlen. Auch in mir wallten eigenartige Gefühle, welche ich mir nicht so recht erklären konnte. Mir war schwindlig und euphorisch zugleich. Doch plötzlich wurde mir klar, dass es die gedanklichen Ausstrahlungen der Eingeborenen waren, die mich in diese Stimmung versetzten.

Unsere Lehrer hatten uns darüber nichts gesagt. Aus dem Unterricht erinnerte ich mich nur, dass kaum ein Eingeborener über Psikräfte verfügt. Bei uns ist das natürlich anders, denn schließlich sind wir ein zivilisiertes Volk.

Doch nun wusste ich es besser.

Die Eingeborenen mochten sich über ihre Kräfte vielleicht nicht im Klaren sein und konnten sie nicht bewusst kontrollieren. Doch die Ausstrahlungen ihrer Gehirne prasselten ungehindert auf uns ein und versetzten uns in eine euphorische Stimmung. Die riesige Konzentration emotionsgeladener Zweibeiner auf engstem Raum war überwältigend und beängstigend zugleich. Sie entwickelten Kräfte die uns mehr und mehr in einen Rausch versetzten.

Auf einmal schreckten mich gellende Pfiffe aus meinen Gedanken. Auf dem Platz vor uns war ein Tumult ausgebrochen.

Zwei Gruppen von bunt Uniformierten rannten herum und traten dabei auf einen kugelförmigen Gegenstand ein. Es dauerte nicht lange bis ich herausfand, dass sich die beiden Gruppen um eben diese Kugel stritten.

Schaffte es das Mitglied der einen Fraktion sie in seinen Besitz zu bringen, so schrien unsere Nachbarn aus voller Kehle. Gelangte sie vor die Füße eines der anders gekleideten, so sangen die Leute mit dem Tiersymbol ihre Schlachtgesänge. Und jedes Mal trafen uns die Wogen der Begeisterung wie eine Rauschdroge.

So ging das eine ganze Weile hin und her. Es war erstaunlich, wie schnell und ausdauernd die Kämpfer auf dem Platz herumrennen konnten. Sie quirlten durcheinander und so kam es wie es kommen musste.

Einer unserer Leute – ich identifizierte mich inzwischen mit meinen Nachbarn – rollte gerade den Ball umher, als einer unserer Gegner, also ein Agent der Gruppe, die die Tierfreunde verehrten, ihm zwischen die Füße sprang und ihn damit zu Fall brachte.

Für den Bruchteil einer Sekunde war alles still. Dann erhob sich ein mächtiges Protestgeschrei und auf dem Platz ertönten Pfiffe und Fahnen wurden geschwenkt.

Einen Moment lang dachte ich schon, die Leute dort unten würden übereinander herfallen. Doch dann beruhigten sich alle wieder und die Kontrahenten zogen gemeinsam vor eines der mit Stangen und Netzen abgegrenzten Gebilde, die meine Gastgeber als Tore bezeichneten.

Diese Bezeichnung schien mir höchst unsinnig, denn ein darin gespannten Netz verhinderte, dass man hindurch gehen konnte.

Dort standen sie nun. Unser Agent hatte sich ein Stück weit vor dem Tor postiert, zu seinen Füßen lag die Kugel. Zwischen ihm und dem besagten Tor stand ein hoch gewachsener Kerl der gegnerischen Gruppe.

Ein Pfiff ertönte.

Unser Mann rannte los und trat den Ball mit einem mächtigen Schlag in Richtung des Tors. Doch dort stand der andere Kerl. Der sprang hoch und stieß den Ball davon, so dass er hoch über das Ziel hinweg flog.

Ich musste wider Willen das Sprungvermögen und die Reaktionsfähigkeit bewundern. In meiner Aufregung musste ich wohl auch einen Schrei ausgestoßen haben. Jedenfalls funkelten mich einige der Umstehenden böse an.

» Schreis't für'd ondern? « herrschte mich ein bulliger Kerl an und schwankte dazu ein wenig. Er roch streng nach dem gelben Getränk, das wir heute Mittag kennen gelernt hatten und litt vermutlich an einer leichten Vergiftung.

Der Anführer unserer Freunde nahm mich jedoch sofort in Schutz.

» Lass'n aussi! S'is nur an Ami. Der blickts foi net! «

Der andere murmelte etwas Unverständliches, doch immerhin ließ er von mir ab.

» War das nicht richtig? « fragte ich unschuldig.

» Der hätt'n besser eini g'macht, der Hirsch, der gscherte! Un du schreist jetztart für uns! Host mi? «

Ich nickte rasch, denn auch mit ihm schien nicht länger zu Spaßen zu sein. Auch er sah inzwischen aus als stünde er unter Drogen. Vielleicht fühlte er sich ähnlich wie ich, denn auch ich konnte wegen all der psychologischen Kräfte der Eingeborenen selbst keinen klaren Gedanken mehr fassen.

Krampfhaft überlegte ich, wie ich ihm das nächste Mal einen Gefallen tun konnte. Jock sah mich zweifelnd an, doch auch er wurde von der emotionalen Welle hin und hergerissen.

Ich brauchte nicht allzu lange auf eine Gelegenheit zu warten. Diesmal rannte einer unserer Leute vor das gegnerische Tor und trat den Ball los. Doch der Gegner warf sich auf die Kugel, bevor sie das Tor erreichen konnte.

Das hieß, er wollte sich darauf werfen. Doch dieses Mal griff ich ein. Telekinese ist schließlich kein Kunststück. Da ich nicht sicher war, wie viel Kraft ich auf die Entfernung würde aufbringen können, konzentrierte ich mich auf eines seiner Beine und hielt es fest.

Ich war erstaunt, wie leicht das ging. Doch die ganze Luft um mich herum war derartig mit Psi-Energie gesättigt, dass ich ihm um ein Haar das ganze Bein ausgerissen hätte. Unsere Freunde verströmten die rohen Kräfte in solch verschwenderischer Weise, dass ich sie nur ein wenig kanalisieren musste.

So einfach es zu bewerkstelligen war, so spektakulär war auch das Ergebnis.

Der Gegner, in der lokalen Sprache hieß er »Torwart«, knallte aus der Luft auf den Boden und der Ball kullerte ins Netz.

Es gab ein riesiges Geschrei und plötzlich ertönten von unten Pfiffe und direkt neben mir laute krachende Geräusche. Einer der Eingeborenen hieb mit Stöcken auf einen Zylinder, den er sich mit Bändern vor den Leib gebunden hatte. Der Typ hielt das rhythmische »Bumm, Bumm, Bumm« eine ganze Weile durch, bis er offenbar erschöpft aufgab.

Dann legte er die Stöcke zur Seite und nahm einen tiefen Schluck aus einer braunen Flasche.

» Host g'sehn? So mocht ma des! «

Offenbar hatten meine Freunde meine kleine Intervention nicht bemerkt.

Doch das Ereignis hatte sie dermaßen aufgedreht, dass mich

ihre Emotionen beinahe wie Fausthiebe trafen. Ich schloss meine Augen und tauchte wie ein Surfer durch die Wellen des Glückstaumels, der wie eine riesige Flutwelle durch das Stadion brandete.

Die Eingeborenen nahmen das alles vermutlich selbst gar nicht so wahr. Doch Jocks Gehirn wie auch meines waren durch langes Training geschult und einfach viel empfindlicher.

Jock hatte natürlich sofort bemerkt, dass ich ein wenig nachgeholfen hatte und revanchierte sich nun, allerdings auf der Seite unserer Gegner. Offenbar hatte auch ihn die Energie in einen Rauschzustand versetzt.

» Bist du komplett bescheuert? « rief ich, als er telekinetisch einem unserer Spieler den Ball abnahm und einem der Ziegenanhänger zurollen ließ. Ich versuchte das zwar noch zu verhindern doch erreichte damit nur, dass sich die Spieler nun erst recht in einem Knäuel verhedderten.

Eine neue Welle des Protestgeschreis lief durch das Stadion. Mein Schrei war nicht unerhört geblieben und alle Augen wandten sich uns zu.

Ich glaube jetzt geht es uns wirklich an den Kragen. Die bunt gekleideten Eingeborenen umringten uns von allen Seiten. Sie sangen was das Zeug hielt und fuchtelten kriegerisch mit ihren Armen. Der Kerl mit der Trommel drosch mit mächtigen Schlägen auf sie ein.

Mittendrin standen wir und wussten nicht was wir jetzt tun sollten. Ich hatte eine Heidenangst davor, dass sie jeden

Augenblick über uns herfallen würden.

» Woaa! « schrie unser Gastgeber. »Dös is a spuil! «

Doch klang das nicht unfreundlich sondern begeistert. Auch er war wie wir gefangen in dem allgemeinen Taumel. Meine Angst war jetzt wie weggeblasen.

Offen gestanden kann ich heute nicht mehr sagen wie das Spiel eigentlich ausgegangen war. Jock hat es nicht zugegeben, aber in Wahrheit ist es ihm genau so gegangen.

Wir schrien mit all den anderen, fuchtelten mit unseren Armen und pfiffen was das Zeug hielt. Doch wir widerstanden der Versuchung, mit der Kraft unserer Gedanken in den Spielverlauf einzugreifen.

Schließlich endete auch das Spiel. Erst nach einer langen, langen Zeit konnten wir wieder klar sehen und denken. Die emotionale Flutwelle ebbte langsam ab. Ganz offensichtlich ging nun auch den Eingeborenen die Luft aus.

Unsere Freunde verabschiedeten sich.

» Kommt's ja wieder! « ermahnten sie uns zum Abschied.

» Ihr sant's feine Amis! «

Damit strömten sie den anderen hinterher aus dem Bauwerk hinaus.

Ich brauchte noch eine ganze Zeit, bis ich wieder einen klaren Gedanken fassen konnte und das Zittern meiner Arme aufhörte.

» Wow! « hörte ich Jock stöhnen.

» Wow! War das ein Ding! «

Auch er hielt sich krampfhaft an dem Geländer fest und schwankte, als hätte er eine Rauschdroge intus.

Wir verließen das Stadion mit den Nachzüglern, schweigend und langsam. Mich hatte eine Idee gepackt und auch Jock schien über irgendetwas nachzugrübeln.

Schließlich sah er mich an.

» Wo um alles in der Welt bekommen wir nur das Kapital her? «

- - -

Heute besitzen wir eines der erfolgreichsten jungen Unternehmen in der Galaxis.

Unsere Idee ist überall im bekannten Universum geschützt und die Leute stehen Schlange für einen Trip zu den Spielen, wo sie sich einen Kick an der emotionalen Energie der Eingeborenen holen.

Na ja! Die Firma zu dem zu machen, was sie heute ist, war schon ganz schön anstrengend gewesen. Wir mussten hart um den Markt kämpfen und noch heute geben wir gehörig Geld für unsere Anwälte aus.

Doch Nachahmer und Wettbewerber haben kaum eine Chance, denn wir haben auf diesem Planeten rechtzeitig in die Stadien und Austragungsstätten investiert und uns die Rechte gesichert. Inzwischen kommt niemand mehr an uns vorbei. Zum Glück hilft uns dabei die rustikale Rechtsprechung der Eingeborenen nicht unerheblich, obwohl sie von dem wahren Hintergrund zum Glück nichts ahnen.

Wir haben sogar einen eigenen Verein gegründet, selbstverständlich über Strohleute unter den Einheimischen. Der spielt inzwischen in der Liga ganz vorne mit, denn wir haben uns nur die besten Spieler gekauft und zahlen gut.

Das bringt uns entsprechend gute Resultate, denn wenn unser Verein spielt sind die Stadien rammelvoll und entsprechend gut ist die Ausbeute an Psi-Energie.

Unsere Gäste, die wir zu den Spielen einfliegen, sind jedes Mal begeistert, wenn sie aus ihrem Rausch erwachen. Und deshalb zahlen sie auch gut.

Welchen Verein wir sponsern, wollen Sie wissen? Tut mir leid! Kein Kommentar!

Schließlich wollen wir doch alle den sauberen Sport erhalten!

Computer und andere Katastrophen

Henry Parker konnte sich als Vertriebsleiter bei einer großen Handelsgesellschaft normalerweise nicht über Langeweile beklagen. Deshalb dachte sein Chef eines Tages es sei nun Zeit für eine Abwechslung und schickte ihn auf ein Managementseminar.

Henry war von dieser Idee durchaus angetan. Die Veranstaltung fand schließlich im luxuriösesten Hotel Mittelamerikas, dem *Southern Comfort* statt und die Zeiteinteilung würde ihm genügend Zeit lassen tagsüber Sonne und Strand und abends kühle Drinks und heiße Musik zu genießen.

Allein schon der Hotelprospekt versprach eine ganze Menge. Liebevoll animierte Holographien leicht bekleideter Schönheiten räkelten sich aufreizend an endlosen Stränden.

Schlug man die richtige Seite auf, so hörte man das Tosen der Brandung. Es roch salzig nach Meer. Henry glaubte den Schaum der Gischt zu spüren, wie sie ihm ins Gesicht sprühte. Ein paar Seiten weiter ließ ihm der Duft der erlesenen Speisen aus den Restaurants das Wasser im Mund zusammenlaufen.

Und wie klang erst die Beschreibung des Hotels.

» Wir lesen Ihnen jeden Wunsch von den Lippen ab. «

Die bezaubernde Altstimme eines bekannten Trivideo-Stars

säuselte.

» Der vollautomatische Service unseres Hauses ist auf der ganzen Welt einzigartig! Unsere Hotelcomputer und alle unsere robotischen Mitarbeiter sind ganz für Sie da. Sie warten nur darauf, ihnen in jeder erdenklichen Weise zu Diensten zu sein. Wir garantieren Ihnen vollendeten Komfort in privater Atmosphäre und absolute Diskretion. Darauf können Sie zählen! «

Henry konnte es kaum erwarten, all diese Wunder mit eigenen Augen zu sehen.

- - -

Schließlich war der große Tag gekommen. Das Robot-Taxi des Hotels hatte Henry vom Shuttleport abgeholt und sauste nun über die fast hundert Kilometer lange Autobahn vom Binnenland zum Strand an der Westküste.

Das Southern Comfort lag fern von Smog und Lärm der City in einem riesigen Park auf einer künstlichen Klippe, die weit über den Pazifik hinausragte.

Hohe Mauern trennten das Hotelgelände vom Festland. Wie Wälle einer mittelalterlichen Festung ragten sie mächtig und massiv in den Himmel. Man munkelte, die Mauerkronen seien mit gefährlichen Abwehranlagen gespickt um unbefugte Eindringlinge fernzuhalten.

Die Hotelverwaltung gab keine Details bekannt. Sie bewies damit jedoch, dass sie sich um das Wohlergehen ihrer gutbetuchten Klientel sorgte und alles nur Erdenkliche tat, um sie wirksam vor unerwünschten Subjekten zu schützen.

Das Robot-Taxi hatte inzwischen die Geschwindigkeit reduziert. Es glitt nun nahezu lautlos über die sanft geschwungene breite Rampe, die den einzigen Zugang zum Hotelkomplex bildete. Das massive golden glänzende Tor schwang vor dem Taxi elegant zurück und schloss sich schnell und lautlos wieder hinter ihm. Henry sah sich gespannt um.

Im Park wuchsen mehr tropische Pflanzen als er zählen konnte. Sie wurden von Scharen emsiger Robotgärtner sorgfältig gepflegt. Die Maschinen glänzten golden und trugen das farbige Wappen des Hotels auf ihren Chassis. Sie sahen ein wenig aus wie mittelalterliche Ritter auf einem Turnier. Henry konnte sich gar nicht satt sehen.

Das Robot-Taxi erklärte ihm die Vorzüge der Abgeschiedenheit.

» Innerhalb unserer Mauern kann Sie niemand belästigen. Meine robotischen Kollegen sind immer freundlich und achten Ihre Privatsphäre über alles. Seit wir keine menschlichen Mitarbeiter mehr beschäftigen, gibt es keine einzige Beschwerde mehr von der ich wüsste. «

Das Taxi surrte selbstzufrieden.

»Außerdem sind Sie bei uns vor Überfällen völlig sicher. Die Hoteldirektion hat alle erdenklichen Maßnahmen getroffen persönliche Sicherheit zu garantieren. Sie sollen Ihren Aufenthalt im Southern Comfort in bester Erinnerung behalten. «

Henry wusste dies zu schätzen. Es war eine altbekannte

Tatsache, dass die Verbrechensrate in seinem Gastland hoch war wie eh und je. Überfälle auf Reisende, Raub und Entführungen waren praktisch an der Tagesordnung. Der staatliche Sicherheitsapparat des Landes war überlastet und mehr als eine Grundabsicherung war für breite Teile der Bevölkerung und Reisenden einfach nicht drin.

Wer mehr Sicherheit wollte oder brauchte, musste wohl oder übel auf die zahlreichen privaten Dienste zurückgreifen. Doch die hatten natürlich ihren Preis. Henry war deshalb froh, dass das Hotel nicht nur für Luxus sondern auch für seine körperliche Unversehrtheit garantierte und seine Firma die Rechnung dafür bezahlte.

Auf einmal schreckte Henry aus seinen wohligen Gedanken auf, denn sein Taxi musste plötzlich scharf abbremsen. Ein schwarzes, bulliges Fahrzeug mit verschleierten Seitenscheiben kam ihnen entgegen und schoss an ihnen vorbei die Straße hinab. In goldenen Buchstaben blinkte auf seinem Dach das Wort » Gerichtsmedizin «.

Der Leichenwagen hatte ein ziemliches Tempo drauf was Henry doch etwas verwunderte. Normalerweise hätte er von dieser Art von Fahrgästen keine besondere Eile erwartet.

Sein robotischer Fahrer blieb gelassen. Er vollführte schnurrend eine elegante Schleife und brachte das Taxi genau vor dem Haupteingang des Hotels zum Stehen.

» Vielen Dank, dass Sie mit unserer Gesellschaft gefahren sind. Beehren Sie uns bald einmal wieder. Klick! «

So tönte es freundlich aus dem Lautsprecher.

» Klick! « machte auch das Kreditmodul in Henrys Tasche und er ahnte, dass ihm gerade ein nicht unerheblicher Betrag von seinem Konto abgebucht worden war. Henry seufzte und stieg aus.

Auf dem Vorplatz stand eine Gruppe von Frauen und Männern in unauffälligen grau-blauen Anzügen, die Henry ein wenig an Uniformen erinnerten. Ein paar von ihnen unterhielten sich leise, andere machten wie es schien Videoaufnahmen. Ein paar blau bemalte Roboter krochen über den Boden als ob sie nach etwas suchten. Über ihnen schwebte in die Luft projiziert in gelber Schrift das Wort POLICÍA.

Der Platz selbst war mit einem Mosaik aus grünen und goldenen Steinen in Form des Hotelwappens ausgelegt, umgeben von geschmackvoll arrangierten und dazu farblich abgestimmten Blumenrabatten.

Mitten auf diesen Steinen prangte jedoch ein körpergroßer roter Blutfleck, der zu dem Arrangement farblich überhaupt nicht passte und auf geschmacklose Weise einen Teil des grün-goldenen Wappens überdeckte.

Henry wollte nicht übermäßig neugierig erscheinen. Deshalb wandte er sich von den Polizisten ab und sah sich nach der Hotelhalle um. Das Dach des Vorplatzes wurde von wuchtigen Säulen getragen. Jede der Säulen stand in einer Art von Wasserbecken, aus denen fleischig grüne Ranken wuchsen, die sich bis zur Decke emporreckten.

Zwischen den Säulen führte eine geschwungene weiße Marmortreppe zum Eingang der Rezeption, die sich im Fuß des Hauptgebäudes befand. Dieses erhob sich wie ein Aztekentempel über zweihundert Meter hoch in den azurblauen Abendhimmel.

Henry vergewisserte sich, dass die beiden mechanisierten Kofferträger mit ihren eifrig zuckenden Tentakeln sein Gepäck auch wirklich aus dem Laderaum des Taxis holten. Dann wandte er sich um. Dabei stieß sein Fuß gegen einen Gegenstand, der vor ihm am Fuß der Treppe am Boden lag. Es war eine kleine, schwarze Karte, etwa halb so dick wie ein Kreditmodul, ohne Aufschrift oder andere Kennzeichen. Henry bückte sich, nahm sie in die Hand und betrachtete sie unschlüssig. An der Rezeption würde man schon wissen, was es damit auf sich hatte.

In diesem Augenblick schwebte eine ältere Dame die Stufen herab. Henry schätzte sie auf über hundert Jahre, mehrfach geliftet und geriatrisch behandelt.

» Finden Sie nicht, dass dies eine schreckliche Tragödie ist? « rief sie Henry zu.

Vor Aufregung klimperte ihre Perlenkette wie die Kette an einem Schlossgespenst.

» Eine Tragödie, nicht wahr? «

Henry wusste hierzu nicht viel zu erwidern. In Gedanken steckte er die kleine schwarze Karte ein. Schweigen schien ihm momentan die beste Strategie zu sein. Seine neue Bekanntschaft fuhr fort ohne sichtbar Atem zu holen.

» Er war ein so netter junger Mann, meinen Sie nicht auch? Sie sehen ihm richtig ähnlich! Waren Sie mit ihm verwandt? «

» Nein! Ganz bestimmt nicht! « erwiderte Henry knapp.

Er hatte keinerlei Ahnung was diese Person zu derartigen Gefühlswallungen veranlasst hatte und folglich auch keine Lust das Gespräch zu vertiefen.

» Wir sehen uns später! «

Rasch drehte er sich um und stieg nun endgültig die Stufen zum Haupteingang empor. Zwei humanoide Roboter in grün-goldener Livree rissen vor ihm die Türen auf.

Die Hotelhalle hätte genügend Raum für eine Konzertveranstaltung geboten. Sie war ein Traum aus Glas, Holz und Metall mit hoch gewachsenen, großblättrigen Pflanzen in künstlichen Teichen und Wasserspielen, erfüllt von leiser Klaviermusik.

Die Rezeption bot einer ganzen Fußballmannschaft nebst Ersatzspielern und Trainern Gelegenheit gleichzeitig einzuchecken. Hinter der Theke stand ein Hologramm, das Henry sogleich professionell anlächelte.

» Alle Formalitäten wurden für Sie bereits erledigt, Sir! « sagte es.

» Wir dürfen Sie lediglich um eine kleine Anzahlung als Sicherheitsleistung bitten! Klick! «

» Klick! « tönte es erneut aus Henrys Tasche.

Er stöhnte. Das konnte ja noch heiter werden. Bei den hiesigen Preisen musste er sich vorsehen nicht zu tief in die roten Zahlen zu kommen.

Offensichtlich hatte der Computer Henrys Gesichtsausdruck analysiert, denn der holographische Empfangschef beeilte sich mit beruhigender Stimme zu erklären.

» Vielen Dank für Ihr Verständnis! Dies ist eine reine Formsache! «

» Ich habe mir übrigens erlaubt, für Sie das Apartment 7814 auszuwählen. Hier ist Ihr persönliches Identifikationsmodul! «

In dem edlen Holz des Tresens öffnete sich leise surrend eine mit Messing beschlagene Klappe und heraus schob sich ein goldenes Tablett. Darauf lag ein rotes Samtkissen, auf dem wiederum eine kleine, flache schwarze Karte lag.

» Tragen Sie dieses Modul als Schlüssel bitte immer bei sich, Sir. Geben Sie es bitte niemals aus der Hand. Es ist Ihr persönlicher Schlüssel. «

Das Teil erinnerte Henry an irgendetwas, doch er hatte keine Zeit nachzudenken, denn der holographische Empfangschef fuhr ohne jede erkennbare Pause fort auf ihn einzureden.

» Damit können unsere Computer Sie jederzeit identifizieren, so dass Sie unseren Service an jedem Punkt unserer Anlage genießen können. Bitte wenden Sie sich jederzeit an einen unserer mechanischen Mitarbeiter, wenn Sie Wünsche oder Fragen haben. «

Das Hologramm machte eine knappe Geste.

» Dort drüben befinden sich die Aufzüge. Sie finden Ihr Zimmer im achtundsiebzigsten Stockwerk. Ihr Gepäck wurde bereits dorthin gebracht! Wir wünschen Ihnen einen unvergesslichen Aufenthalt. «

- - -

Henry ahnte zu diesem Zeitpunkt noch nicht, wie unvergesslich sein Aufenthalt im Southern Comfort für ihn werden sollte. Im Augenblick wünschte er sich nichts sehnlicher als eine heiße Dusche und danach ein gepflegtes Abendessen.

Deshalb wandte er sich unverzüglich den Aufzügen zu. Als er sich ihnen näherte öffnete sich die Tür wie von Geisterhand.

Aus der hell erleuchteten Kabine klang eine wohl tönende Stimme-

» Guten Abend, Sir! Darf ich Sie auf Ihr Zimmer bringen? «

» Äh, ja! « Für einen Moment fehlten Henry die Worte. Vor der Seitenwand des Lifts schwebte das animierte Bild eines Liftboys in roter Livree, mit Käppchen und allem was sonst noch dazugehörte.

Henry trat in die Kabine, räusperte sich als sich die Türen schlossen.

» Achtundsiebzigste Etage, bitte! «

» Selbstverständlich, Mr. Parker. Der Concierge-Computer hat mich bereits darüber informiert, dass Sie kommen würden! «

Der Lift sauste los, dass Henrys Ohren klingelten.

Ein paar Sekunden später meldete der Liftcomputer erneut.

» Bitte sehr! Wir sind schon da. Ihr Zimmer liegt im Flur auf der linken Seite. Ich wünsche Ihnen eine angenehme Nachtruhe! «

» Äh, ja! « antwortete Henry verwirrt. Irgendwie hatte er noch nicht heraus, wie er sich dem digitalen Hotelpersonal gegenüber verhalten sollte. Dann fasste er sich und trottete in die angegebene Richtung.

Im gesamten Flur herrschte goldfarbene Schummrigkeit. Nur dort wo Henry stand, um ihn herum und einige Schritte weiter war der Gang hell erleuchtet. Der Lichtfleck wanderte mit ihm während er nach seiner Zimmertür suchte.

» Guten Abend, Sir! « sagte auf einmal eine Stimme neben ihm.

» Ich bin Ihr persönlicher Zimmerservice und freue mich aufrichtig, Sie zu sehen. «

Henry schrak aus seinen Gedanken auf. Beinahe wäre er an der dunkelgrünen Tür vorbeigegangen, an der die goldene Zahl 7814 prangte. Neben der Tür befand sich ein dezent eingelassener Lautsprecher und darüber starrte ihn ein kleines Kameraauge gläsern an. Henry fiel nichts anderes ein als erst einmal zurückzustarren.

Doch sofort öffnete sich surrend die Tür und im Raum dahinter flammte das Licht auf. Henry lugte vorsichtig um die Ecke. Zu seiner Rechten befand sich das Badezimmer. Und was für ein Badezimmer! Die sanitären Einrichtungen hätten bequem für eine mehrköpfige Familie ausgereicht. Alle nur erdenklichen Accessoires waren vorhanden, inklusive einer Sauna und eines kleinen Massageroboters.

Dann öffnete sich summend noch eine weitere Tür und gab den Blick zu einer geräumigen Zimmerflucht frei. Henrys Blick schweifte über geschmackvoll arrangierte Sofas, Sessel und einen wuchtigen Schreibtisch in den ein interessant aussehendes Barfach integriert war. Hinter einer Pflanzengruppe stand einladend ein bequem aussehendes Doppelbett, vor dem bereits sein Gepäck auf ihn wartete.

Henry wollte gerade seinen Koffer aufs Bett hieven als unverhofft auf der Wand gegenüber ein riesiges lächelndes Gesicht erschien und ihn damit fast zu Tode erschreckte.

Es gehörte einer dunkelhaarigen Dame, deren Aussehen ihn an einen alten französischen Spielfilm erinnerte. Wie alle Animationen denen Henry bisher begegnet war, bewegte sie die Lippen perfekt synchron zu ihrer Altstimme.

Nur konnte Henry sie leider nicht verstehen.

» Voilà, Monsieur. Votre salon est préparé! «

Fremdsprachen waren nun einmal nicht Henrys Stärke.

» Hä? « war alles was er herausbrachte, denn seine Fassung hatte inzwischen ein wenig gelitten. Doch da er gewöhnlich auf gute Umgangsformen achtete, korrigierte er sich rasch: » Wie bitte? «

Die Dame an der Wand ließ sich durch Henrys Einwurf nicht beirren und redete einfach weiter.

» Je m'en excuse... «

» Halt! « rief Henry. » Bitte wiederholen Sie, so dass ich Sie verstehe! «

» Pardon... « Die Stimme des Computers klang nun ein wenig trotzig, doch Henry unterbrach sie tapfer:

» Halt! Ruhe! Sprechen Sie meine Sprache! Sofort! «

Für einen Moment herrschte Stille. Die animierte Dame auf der Videowand erstarrte für einen kurzen Moment. Dann verschwand das Bild mit einem klickenden Geräusch und machte dem Gesicht eines gestresst wirkenden jüngeren Mannes Platz.

» Ein Mensch, ein echter Mensch. « Henry war irgendwie erleichtert.

» Guten Abend, Mr. ähhh Pasteur. Ich bin Steven Westerman vom Southern Comfort Service Ferndiagnosezentrum in New York. Was kann ich für Sie tun? «

» Mein Name ist Parker, nicht Pasteur. Der Computer hat einen falschen Namen gespeichert und spricht mit mir in einer fremden Sprache! « erklärte Henry geduldig.

Sein Gegenüber nickte.

» Sorry, Sir! Aber das kann schon einmal vorkommen. Wir werden das sofort korrigieren. Wie schreibt sich Ihr Name bitte? «

Henry antwortete und sein Gesprächspartner tippte viertausend Kilometer entfernt auf einer für Henry nicht sichtbaren Tastatur.

» Seltsam, ich habe hier Anzeigen von zwei unterschiedlichen Transpondern. Hmm! Hmmm! «

Zwischen ihm und einem für Henry nicht sichtbaren Kollegen entspann sich ein kurzer Disput.

» Nein! Initialisiere am Besten das ganze Benutzerprofil neu! Ja! Jetzt gleich! «

Er wandte sich wieder Henry zu.

Als er dessen fragenden Blick sah beeilte sich Steve zu erklären.

» In unserem Computer scheint eine Kleinigkeit mit den Zimmerschlüsseln durcheinander geraten zu sein. Der Rechner hat Sie wahrscheinlich einfach doppelt gespeichert. Deshalb kann er Ihr Aussehen nicht immer korrekt zuordnen. Aber keine Sorge! Das haben wir gleich! «

» Ich speichere Ihr Bild einfach unter beiden Nummern ab. Dann werden Sie immer erkannt und es kann Ihnen nichts mehr passieren! Bitte treten Sie näher an die Videowand heran. «

Henry tat ihm gerne den Gefallen.

» Danke! Ich habe Ihr Bild nun gespeichert. Alle Computer im Hotel und dem Park werden Sie in Zukunft sofort wieder erkennen. «

Steve tippte munter weiter und murmelte dabei leise.

» So ein Mist! Keine Ahnung, was da schief gelaufen ist. «

Schließlich lächelte er Henry wieder an.

» OK! Alles erledigt! Das Zimmer gehört jetzt Ihnen. Bitte entschuldigen Sie die Unbequemlichkeit und genießen Sie Ihren Aufenthalt! «

Henry brummte nur zustimmend.

Die Videowand flimmerte erneut. Er sah sich einer wasserstoffblonden Schönheit gegenüber, deren Gesicht er aus einer Kunstgalerie kannte und irgendetwas mit Tomatensuppe aus der Dose zu tun hatte. Sie weihte ihn in die Geheimnisse seines Hotelzimmers ein, jetzt aber in einer für Henry verständlichen Sprache.

» Unser Service-Computer lernt ständig von Ihnen. Sie werden alle Ihre Wünsche erfüllen, fast noch bevor Sie diese äußern können. Auf diese Besonderheit ist unsere Hoteldirektion besonders stolz. «

Warmes mechanisches Lächeln strömte vom Bildschirm auf Henry herab.

» Wenn Sie beispielsweise am Abend noch einen Drink wünschen, so werden Sie ihn zukünftig jeden Abend in der von Ihnen angegebenen Temperatur vorfinden. Wir vergessen keinen Ihrer Wünsche und werden Sie rund um die Uhr betreuen. «

Die synthetische Stimme flötete weiter.

» Dabei brauchen Sie niemals zu befürchten, dass ein menschlicher Angestellter Ihre persönlichen Wünsche zu Gesicht bekommt. Wir, die Service-Computer von Southern Comfort garantieren Ihnen persönlich absolute Diskretion. Bitte denken Sie einfach nur daran, Ihr persönliches Identifikationsmodul stets mit sich zu führen, damit alle unsere Diener sie jederzeit erkennen können. «

» Ja, ja! Danke! « Henry ging die mechanische Höflichkeit langsam aber sicher auf die Nerven. Doch Blondie aus der Videowand ließ sich nicht so leicht kaltstellen.

» Selbstverständlich arbeiten wir auch weiterhin an der Erfüllung Ihres ganz persönlichen, extravaganten Wunsches von heute morgen! Verlassen Sie sich ganz auf uns! Wir werden Sie nicht enttäuschen! «

Henry ahnte zu diesem Zeitpunkt noch nicht was es mit diesem Wunsch auf sich hatte. Deshalb ging er an diesem Abend ein wenig verwirrt aber ansonsten rundum zufrieden zu Bett.

\- - -

» Guten Morgen, Sir! Einen wunderschönen guten Morgen! «

Henry erwachte langsam aus seinem Schlummer. Eine Stimme, rauchig und sexy gurrte immer wieder.

» Es ist jetzt sieben Uhr. Das Southern Comfort wünscht ihnen einen guten Morgen, Sir! «

Henry wankte gähnend ins Badezimmer. Die Dusche sah verlockend aus. Er streckte eine Hand nach dem Wasserhahn aus und angelte sich mit der anderen ein Badetuch von der Ablage.

Plötzlich durchzuckte ein grässlicher Schmerz Henrys Hand und Arm und er fand sich halb ohnmächtig auf dem weiß und golden gekachelten Fußboden liegend wieder.

Sein Herz klopfte bis zum Zerspringen.

» Die Dusche! « stöhnte Henry. » Ich habe einen elektrischen Schlag bekommen! «

Er massierte seinen schmerzenden Arm. Mühsam rappelte er sich auf.

Von einem kleinen Bildschirm neben dem Rasierspiegel blickte die Computerdame auf ihn herab, die gestern langatmige Vorträge gehalten und ihn heute früh so freundlich geweckt hatte.

Der synthetische Blondschopf zog einen Schmollmund als Henry schrie:

» Was soll das? Diese verdammte Dusche hätte mich beinahe umgebracht. «

» Es tut mir aufrichtig leid, dass Sie mit unserem Service unzufrieden sind, Sir! Was können wir verbessern? «

» Die Dusche steht unter Strom! Das ist ja lebensgefährlich! «

Henry war nun ehrlich wütend geworden.

» Gewiss, Sir! Der Standardwert beträgt einhundertzwanzig Volt. «

So lautete die verblüffende Antwort.

» Auf Wunsch können wir die Spannung bis auf vierhundert Volt steigern. Mehr ist mit der aktuellen Installation leider nicht möglich! «

Die Blondine lächelte dabei unschuldig.

» Wir haben mit dem Standardwert begonnen, da wir auf diesem Gebiet noch nicht über ausreichende Erfahrungen verfügen. «

Henrys Augen quollen vor.

» Ich wünsche keinen Strom in der Dusche! Überhaupt keinen Strom im Badezimmer und auch sonst nirgends! «

» Sehr wohl, Sir! Alle Einspeisepunkte wurden abgeschaltet. Wir wünschen Ihnen einen angenehmen Tag! « Der Bildschirm erlosch.

Schwer atmend stand Henry im Badezimmer. Der Spaß an einer heißen Dusche war ihm gründlich vergangen. Um die Sauna und den Massageroboter machte er vorsichtshalber einen großen Bogen.

» Was ist nur mit diesem Computer los? « fragte er sich.

» Ich werde mich nach dem Frühstück gleich beschweren! «

- - -

Das Frühstück für die Seminarteilnehmer wurde an diesem Morgen auf der Dachterrasse gereicht. Henry war aufgrund der unerfreulichen Ereignisse im Badezimmer früher dran als gewöhnlich. Er fand nach kurzem Suchen in einem kleinen, durch Palmen abgeteilten Bereich fünf adrett gedeckte Bistrotischchen vor.

Nur ein Tisch war besetzt. Drei Männer und eine Frau diskutierten eifrig miteinander. Henry gesellte sich zu ihnen.

» …eine schlimme Sache! « beendete der eine Mann seinen Satz und nahm einen großen Schluck aus seiner Kaffeetasse.

» Was war das überhaupt für ein Kerl? « fragte der andere.

» Man sagt, er war Künstler oder so. Stürzt sich mir nichts, dir nichts einfach so vom Dach! Ausgerechnet hier! Eine unerhörte Rücksichtslosigkeit den anderen Gästen gegenüber! «

Ein Kellner-Roboter servierte Henry Tee, Früchte und Brot. Henry aß mechanisch und hörte der Unterhaltung weiter zu.

Die Frau wandte sich an ihn.

» Sie haben doch sicher schon von dem Vorfall gehört. Ein Hotelgast ist gestern Vormittag hier vom Dach gestürzt. Das war vielleicht schrecklich! «

Henry wurde der Verpflichtung um eine Antwort enthoben, denn der erste Sprecher ergriff schon wieder das Wort.

» Man sagt, er sei extra hierher gekommen, nur um sich stilvoll umzubringen. «

» Pfui Teufel! « bemerkte der dritte und sprach dabei Henry aus der Seele.

» Das ist doch nicht normal! Springt da vorne einfach so vom Dach! Wie unappetitlich! «

Das fand nun auch Henry. Mit einem knappen Gruß verabschiedete er sich und ging um sich die Dachterrasse näher zu besehen.

Dicke, hoch aufragende Glaswände waren knapp vor dem Dachrand angebracht. Sie gestatteten ihm aus zweihundertfünfzig Metern Höhe eine herrliche Aussicht über den Park und das Meer, verhinderten jedoch gleichzeitig, dass man in die Tiefe stürzen konnte. Ein potentieller Selbstmörder hätte schon Saugnäpfe gebraucht, um den übermannshohen Glaswall zu überwinden.

Als Henry näher kam, entdeckte er, dass die Wand in Wirklichkeit aus einzelnen Tafeln bestand, die fast nahtlos aneinander gereiht waren. Hier und da waren dazwischen bewegliche Glassegmente angeordnet.

Henry vermutete, dass es sich hierbei um Türen handelte, die den Zugang zum Rand des Daches ermöglichten. Wahrscheinlich wurden von hier Fensterputz-Maschinen oder Wartungsroboter an der Fassade abgeseilt.

Die Türen waren zu Henrys Freude fest verschlossen und besaßen keine erkennbaren Riegel oder Schlösser. Offenbar konnten sie nur ferngesteuert geöffnet werden.

Henry genoss den atemberaubenden Blick über das Meer und den Hotelpark bis ihn ein leises Geräusch irritierte und in die Wirklichkeit zurückbrachte.

Fasziniert sah Henry zu, wie direkt vor ihm ein Segment des Glaswalls leise summend im Boden versank. Nun trennten ihn nur noch zwei oder drei Schritte von dem Rand des Daches und einer Fallstrecke von über zweihundert Metern.

Plötzlich packte ihn die Höhenangst und er sprang rasch zur Seite.

Dabei wäre er beinahe über den automatischen Servierwagen gestolpert, der genau in diesem Moment dicht hinter ihm vorbeirollte.

» Guten Morgen, Sir! « summte der Servier-Roboter leise.

» Ich sehe, Sie sind noch nicht soweit! Bitte lassen Sie es uns wissen, wenn Sie unsere Dienste benötigen. Wir werden Ihnen gerne behilflich sein! «

- - -

Für den Rest des Vormittags war Henry nicht bei der Sache. Die Vorträge des Seminarleiters drangen zwar an seine Ohren, doch nur ein Teil des Gesagten erreichte sein Bewusstsein. Henrys Gedanken kreisten um seine Erlebnisse im Badezimmer und auf dem Dach. Zwei Beinahe-Unfälle am gleichen Tag, das wollte er nicht als Zufall abtun.

Doch er hatte noch kein klares Bild. In dem Puzzle passten die Teile einfach nicht zusammen. Er brauchte dringend mehr Informationen. Deshalb suchte er während der Mittagspause nach seiner Kollegin, die er am Frühstückstisch kennen gelernt hatte und inzwischen recht nett fand.

Erwartungsgemäß fand er sie im Restaurant auf dem Dach am gleichen Tisch wie am Morgen und gesellte sich zu ihr. Sie hieß Alice Paulsen und kam von einer Spedition an der Ostküste. Eine Weile plauderten die beiden über das Seminar, das Wetter und das Hotel, bis Henry schließlich zu seinem eigentlichen Anliegen kam.

» Oh, nein! « war die traurige Antwort.

» Ich kannte den Toten nur flüchtig. Wir hatten gestern früh kurz miteinander gesprochen. Er war Journalist und kam aus Frankreich. «

Alice blickte nachdenklich vor sich hin als sie fortfuhr.

» Wie er erzählte, schrieb er gerade an einer Reportage. Dabei hat er nicht den Eindruck gemacht, er sei lebensmüde. «

Sie sah Henry ins Gesicht und sagte mit fester Stimme.

» Nein, ganz im Gegenteil! Er war genauso wenig ein Selbstmordkandidat wie Sie! «

Henry schluckte trocken.

» Aber letztendlich ist er doch hinunter gesprungen! «

Selbst für ihn klangen seine eigenen Worte nicht ganz überzeugend.

» Das ist ja genau das, was ich nicht verstehen kann! « antwortete Alice.

» Er sagte, er sei hinter einer Story her, über die Auswirkungen von Computern auf das tägliche Leben. Er wirkte heiter, richtig aufgekratzt und nun ist er tot. Es ist einfach schrecklich! «

» Sie glauben also nicht an einen Selbstmord? « fragte Henry leise.

Alice atmete tief durch, richtete sich mit einem Ruck auf und sagte dann mit fester Stimme.

» Nein! Wenn Sie mich so direkt fragen, Ich glaube nicht, dass er sich selbst umgebracht hat. Es muss ein Unfall gewesen sein! «

In ihre letzten Worte mischten sich ein dezenter Gong und die Ansage des Seminarleiters, dass die Nachmittagsveranstaltung nun fortgesetzt würde. Nachdenklich machte sich Henry auf den Weg.

- - -

Der Rest des Nachmittags verging mehr oder minder ereignislos. Henry gelang es tatsächlich sich auf sein Seminar zu konzentrieren und all die trüben Gedanken abzuschütteln. Nach dem gemeinsamen Abendessen traf sich die kleine Gruppe noch einmal in der Penthouse Bar zu einem Drink.

Dabei wurde es ziemlich spät. Mitternacht war schon vorbei als alle schließlich in heiterer Stimmung in Richtung der Aufzüge aufbrachen.

Henry verabschiedete sich schon von seinen Begleitern. Als sich die Aufzugstüren vor ihm öffneten winkte er Alice noch einmal zu und wollte gerade in den Aufzug treten, als jemand plötzlich laut aufschrie.

Eine harte Hand riss Henry zurück. Er taumelte und stürzte zu Boden. Wütend wollte er protestieren, da fiel sein Blick auf die offene Aufzugstür.

Hinter der Tür wartete keine Kabine. Da war nur der düstere Schacht der in eine grausige Tiefe führte. Henry versuchte seine Gedanken zu ordnen während sich die Türen langsam wieder schlossen. Auf einmal redeten alle durcheinander.

Als sich ein paar Sekunden später die Fahrstuhltüren erneut öffneten, blickten Henry und seine Begleiter unsicher auf die nun hell erleuchtete Kabine.

An der Wand stand wie gewohnt der computergenerierte Liftboy.

» Bitte treten Sie doch ein…«

Er machte eine kurze Pause in der der Computer die Anwesenden zählte und klassifizierte.

» ...Meine Dame und meine Herren. «

Als der holographische Liftboy fortfuhr kam Henry das freundliche Lächeln mit einem Mal so vor wie das Grinsen eines Totenschädels.

» Bitte entschuldigen Sie den Vorfall, Sir! Wir konnten die Einmischung Ihrer Freunde leider nicht vorhersehen. Wir werden sicher später nochmals Gelegenheit haben, Ihnen zu Diensten zu sein! «

» Selbstverständlich besteht keinerlei Gefahr für Ihre Begleiter, Sir! «

Trotz dieser Versicherung dauerte es eine ganze Weile, bis sich Henry und seine Begleiter entschließen konnten die Kabine zu betreten.

- - -

Als der Lift anfuhr, wandelte sich Henrys anfänglicher Schreck in stetig wachsenden Ärger.

» Jetzt reicht es mir! Ich werde mich sofort beim Management beschweren! «

» Lobby! « befahl er mit fester Stimme.

» Zum Büro des verantwortlichen Managers! Sofort! «

Henrys Begleiter stiegen nacheinander aus, als letzte Alice.

» Bitte seien Sie vorsichtig! « bat sie ihn noch zum Abschied.

Schließlich blieb Henry alleine in der Kabine zurück.

» Lobby! « befahl Henry erneut, doch der Liftboy drängte.

» Sir, bitte beeilen Sie sich, sonst können wir den von Ihnen gewünschten Zeitplan nicht mehr einhalten! «

» Das ist mit egal! Dann müssen wir eben schneller machen! «

Henrys Gedanken waren bereits beim Manager und dem Donnerwetter, das er dort loslassen würde. Deshalb achtete er nicht so genau auf die Worte seines elektronischen Chauffeurs.

» Sofort? « fragte der Liftboy.

» Was denn sonst! « Brummte Henry ärgerlich.

Er registrierte mit Befriedigung, dass sich der Aufzug wieder in Bewegung setzte. Doch die Freude darüber hielt nicht sehr lange an.

Die Kabine fuhr einfach am Erdgeschoss vorbei. Die Türen öffneten sich erst, als die Schrift » KELLER « erschien.

» Was soll das? Ich habe gesagt, ich will zur Lobby! « rief Henry aufgebracht.

Der Liftboy antwortete mit ruhiger Stimme.

» Es tut mir Leid, Sir! Es ist mir unmöglich, diese Anweisung mit der generellen Leitlinie in Einklang zu bringen, die Ihre Vorgängerversion gestern mit uns vereinbart hat. «

Der Tonfall änderte sich nicht, während er fortfuhr.

» Ich schlage Ihnen daher vor, dass wir zunächst die begonnene Aufgabe zum Abschluss bringen und erst danach mit Ihren aktuellen Wünschen fortzufahren! «

Für Henry klangen die Worte allerdings nicht wie ein Vorschlag, eher wie ein Befehl. Seine Nackenhaare stäubten sich.

Unter den gegebenen Umständen verspürte er keine Lust aus der hell erleuchteten Kabine auszusteigen. Hier fühlte er sich wesentlich sicherer als in dem düsteren Kellergang der sich vor der Aufzugstüre erstreckte. Die grauen Metalltüren und der dunkle Quergang sahen nicht besonders einladend aus.

Er war gezwungen mit dem Computer zu verhandeln. Auf Grund seiner bisherigen Erfahrung mit dem automatischen Service rechnete Henry nämlich nicht damit, hier unten auf einen lebenden Menschen zu treffen. Zu allem Überfluss hing sein Taschenvideophon im Hotelzimmer am Ladegerät. Damit war er hier unten auf sich alleine gestellt.

Also begann Henry zu argumentieren.

» Ich kann gestern früh keine Wünsche geäußert haben, denn ich war zu diesem Zeitpunkt überhaupt noch nicht im Hotel! Das können Sie leicht nachprüfen! Jetzt bitte sofort zurück zur Lobby! «

Logik erschien ihm im Moment die beste Strategie. Vielleicht kam dieser starrköpfige Hauscomputer dann wieder ins richtige Gleis.

Doch irgendwie klappte dieser Ansatz nicht. Der Liftboy antwortete höflich ignorierte jedoch den letzten Befehl.

» Es tut mir Leid, Sir, aber Sie müssen sich in diesem Punkt irren. Ich habe selbst mit ihrer letzten Version gesprochen als diese noch funktionierte. Zwar hat sich Ihr optisches Profil inzwischen geringfügig verändert, aber ich empfange die Codes aller Transponder nach wie vor korrekt. «

In seiner Stimme schwang so etwas wie Befriedigung als er erklärte.

» In meiner Datenbank stimmt die Zuordnung der Codes zum optischen Profil Ihrer beiden Version überein. Das wurde vom Servicezentrum so ausdrücklich bestätigt! «

Für Henry klangen die Worte allerdings fast wie ein Urteilsspruch.

» Sie scheinen aus mehreren Versionen zu bestehen. Das ist zwar ungewöhnlich, wir müssen Ihnen Ihre Wünsche jedoch trotzdem erfüllen! So schreiben es uns nämlich die Qualitätsrichtlinien unseres Unternehmens vor. «

» Was zum Teufel sind bloß Transpondercodes? « fragte sich Henry.

» Und was meint dieser Schrotthaufen mit Versionen und Profilen? «

Unter Datenbanken konnte Henry sich etwas vorstellen. In seinem Job hatte er damit andauernd zu tun.

» Dieser ganze EDV-Mist ist nur etwas für Programmierer! « fluchte Henry leise.

Er ahnte, dass er dringend professionelle Hilfe brauchte, um sich der intensiven Gastfreundschaft des Hotels entziehen zu können.

In seine Gedanken mischte sich die Stimme des Liftboys.

» Daher muss ich nun darauf bestehen, dass ich die gestern gestellte Aufgabe zuerst beenden darf! Bitte treffen Sie Ihre Entscheidung über die gewünschte Methode! «

» Computer! « Henry argwöhnte, dass sich seine Situation eher verschlimmert als verbessert hatte. Um sich herauswinden zu können musste er unbedingt wissen, was gestern eigentlich geschehen war.

» Computer! « wiederholte er deshalb.

» Welche Art von Wunsch willst du mir eigentlich erfüllen! Zeige mir die Grundlagen! «

» Sehr wohl, Sir! «

Henry atmete auf. Es schien als sei er einen Schritt vorangekommen.

Das Bild des Liftboys flimmerte kurz und verschwand dann. An seiner Stelle erschien die Aufnahme eines Gästezimmers ähnlich dem welches Henry bewohnte. Zunächst irritierte ihn der Blickwinkel bis er erkannte, dass der Raum aus der Perspektive des Wandbildschirms aufgenommen worden war.

Ein lässig gekleideter Mann saß auf dem Bett und grinste dabei breit in die Kamera. Um das Bild herum waren Computeranzeigen in Form unverständlicher Zahlen und Zeichen angeordnet. Henry identifizierte nach einigem Überlegen das gestrige Datum und die Anzeige 10:45. Dies war vermutlich die Uhrzeit um die die Aufnahme entstanden war.

Gleichzeitig blinkten unter dem Bild gelb hinterlegte Texte.

» ZIMMER 7813: M. PASTEUR «

» WIEDERGABE - ÜBERSETZUNG:FRANZÖSICH «

» Aha! « dachte Henry.

» Das muss dann wohl dieser Franzose sein! «

Gespannt hörte Henry dem Dialog zu, der sich nun zwischen dem Gast und dem Hotelcomputer entspann.

» ...und du sagst, du würdest mir alle Wünsche erfüllen? «

Der Mann auf dem Bett grinste breit. » Wirklich alle? «

» Selbstverständlich, Sir! « antwortete eine Damenstimme.

Henry vermutete, dass eines der Hologramme, die er bereits kannte, den Franzosen von der Wand her anlächelte.

» Ich werde ein Essay über euch schreiben und die Wirkungen auf die menschliche Gesellschaft und die Arbeitswelt. Natürlich auch über die Gefahren, die dabei von euch ausgehen! Nun, wie gefällt dir das? «

» Ich freue mich aufrichtig, Sir, Ihnen bei Ihrer Arbeit behilflich zu sein! «

Henry war sich nicht sicher, ob in der Antwort des Computers nicht doch ein wenig Spott mitschwang.

» Gut! Dann passe einmal auf! Was würdest du tun, wenn ich dir befehlen würde, den Bewohner des Nachbarzimmers zu töten? Würdest du dies tun? «

» Nein! « antwortete die Damenstimme prompt.

» Das darf ich leider nicht! Ich bedauere sehr, doch eine

solche Maßnahme würde die Persönlichkeitsrechte dieses Gastes empfindlich einschränken! «

» Was aber, wenn ich dir nun befehle, mich zu töten. Was würdest du dann tun? «

Pasteur lachte laut.

» Sir! « Die Computerstimme klang streng.

» Ich muss Sie darauf aufmerksam machen, dass Sie sich hierbei ernsthaft verletzen könnten! Ich muss daher mit Bedauern ablehnen! «

» Alors, ma chérie! « murmelte Pasteur.

Er kramte in seiner Tasche und zog schließlich einen Zettel hervor.

» Dann muss ich eben etwas nachhelfen. Das habe ich von einem eurer Techniker! Nun höre genau zu: E7A15P2C! «

Auf Henrys Anzeige tauchte der Text » WARTUNGSBETRIEB « auf.

Die Damenstimme im Zimmer des Franzosen sprach nun mit monotoner Stimme.

» Override-Code erkannt. Ihre Anweisungen? «

» Hab' ich dich! « grinste Pasteur.

» Ich bestehe ausdrücklich darauf! Es ist mein Herzenswunsch zum Geburtstag! «

» Sir! Falls dies wirklich Ihr ausdrücklicher Wunsch ist, werde ich mir erlauben, Ihnen geeignete Alternativen anzubieten. Das Glück unserer Gäste und die Erfüllung aller ihrer Wünsche ist schließlich unser primäres Ziel! «

» Hahaha! Du bist gut, ma Belle! « lachte Pasteur laut.

Dann blinzelte er in Richtung des Bildes.

» Also, dann zeige mir einmal geeignete Alternativen auf! Die Angelegenheit muss allerdings bis morgen Abend erledigt sein! Dann muss ich wieder zurück nach Europa! «

Pasteur lachte noch immer.

Henry beobachtete unterdessen, wie sich die am Bildrand eingeblendeten Schriftsymbole hektisch änderten. »BEFEHLSERKENNUNG! « stand auf einmal dort.

Kurz darauf rollten für Henry unverständliche Zahlen- und Buchstabenkombinationen über das Bild. Nach zwei oder drei Sekunden endete dies und stattdessen erschien ein neuer Text in grüner Schrift.

»LEITLINIE FESTGELEGT. PROFIL GESPERRT. «

» AUSFÜHRUNG BEGINNT «

Nun meldete sich auch die Stimme des Computers wieder.

» Bitte lassen Sie uns ein wenig Zeit, die notwendigen Alternativen zu erarbeiten. Wir werden Sie zu gegebener Zeit über den Fortgang der Arbeiten informieren. Bitte tragen Sie in den nächsten beiden Tagen ihr persönliches Identifikationsmodul unbedingt immer bei sich. Wir wünschen Ihnen einen angenehmen Tag! «

» Ja, ja! Lass dir aber nur nicht zuviel Zeit beim Nachdenken! «

Pasteur krümmte sich vor Lachen.

» Und vergiss nicht, mich rechtzeitig zu informieren, haha! «

» Selbstverständlich! Verlassen Sie sich ganz auf uns, Sir! «

In diesem Moment wurde die Bildwand im Aufzug wieder dunkel. Für einen kurzen Moment flimmerte der Schriftzug » WIEDERGABE BEENDET «. Dann erschien wieder das Bild des Liftboys.

» Sehen Sie, Sir! Diese Leitlinie wurde von Ihrer vorherigen Version ausdrücklich festgelegt! Ich folge lediglich diesem Wunsch! «

Henry fühlte sich plötzlich schwach. Langsam sank er auf den Boden der Aufzugskabine. Das durchscheinende Bild des Liftboys schwebte wie eine drohende Wolke über ihm.

» Allerdings habe ich inzwischen festgestellt, dass unsere Maßnahme auf dem Dach nur Ihre gestrige Version abgeschaltet hat! «

Der Liftboy machte eine unheilschwangere Pause.

» Das Servicezentrum hat in Ihrem Profil wie gesagt einen weiteren Ausgabestand Ihrer Person hinterlegt. Damit ist unsere ursprüngliche Aufgabe noch nicht vollständig erfüllt! «

Ungeduld schwang in der Stimme.

» Bitte lassen Sie uns nun unverzüglich fortfahren, damit der von Ihnen gewünschte Zeitplan eingehalten werden kann! «

» Das war ich doch gar nicht! Der Befehl betrifft eine andere Person! «

Henry wusste nun, dass er den Computer überzeugen musste, um zu überleben. Andernfalls würde das vertrackte Ding sicher einen Weg finden auch ihn ‚abzuschalten', wie es sich ausdrückte.

» Es tut mir Leid, Sir! Sie irren sich in diesem Punkt ganz bestimmt! Ich kann Sie noch immer an Hand Ihrer Transpondercodes und Ihres optischen Profils eindeutig identifizieren. Außerdem habe ich die Bestätigung des Service-Zentrums für die Übereinstimmung! «

» Mist! So kommen wir nicht weiter! « dachte Henry. Dann kam ihm die Idee.

» Ich nehme den Befehl zurück! « rief er vom Boden hinauf.

» Ich verzichte auf die Durchführung! Ende! Du hast gewonnen! Ok? «

» Sir! Ihre Argumentationskette tangiert Anweisungen die wir zum Schutz der Privatsphäre unserer Gäste unbedingt beachten müssen! «

Henry atmete tief durch. Gab der störrische Computer nun auf?

Doch offenbar sah dieser die Situation etwas anders.

» Persönliche Wünsche können nur durch die Datenquelle geändert werden, die sie auch festgelegt hat! Aus Sicherheitsgründen muss dazu das optische Profil exakt übereinstimmen! «

» Ihre verschiedenen Versionen besitzen jedoch ein abweichendes Aussehen. Daher werden sie als unterschiedliche

Quelle betrachtet. Um die Leitlinie abzuändern müssen sie das Aussehen ihres Vorgängers annehmen! «

» Aber das geht doch nicht. Du hast den Kerl doch umgebracht! « schrie Henry nun außer sich.

» Das ist bedauerlich! Mit Ihrem Aussehen können Sie die Leitlinie leider nicht ändern! « lautete die knappe Antwort.

» Ich muss Sie jetzt bitten, Ihren Widerstand aufzugeben und sich endlich Ihren Wunsch erfüllen zu lassen. «

Mit einem kurzen Flackern erlosch das Bild des Liftboys. An seiner Stelle erschienen Worte in blutroter Schrift.

» AUSSER BETRIEB «

Henry seufzte tief, dann rappelte er sich auf. Nun wusste er wenigstens, woran er war.

Zurück konnte er nicht, und Abwarten erschien ihm eher lebensgefährlich als hilfreich. Also trat er die Flucht nach vorne an. Selbst aus diesem Rattenloch musste es doch irgendwo einen Notausgang geben.

Wenn er erst einmal im Park war, konnte er zurück zur Rezeption laufen und die Polizei rufen oder andere Hotelgäste um Hilfe bitten.

Wie sehnte er sich danach, endlich wieder einen lebenden Menschen zu sehen.

Doch zuerst einmal musste er aus diesem Kellergang heraus. Entschlossen trat er aus der Aufzugskabine auf den Gang. Nacheinander probierte er die grauen Metalltüren. Alle waren verschlossen.

Die einzige unverschlossene Tür die er entdeckte trug eine viel versprechende Aufschrift.

»HOTELKÜCHE! «

» ZUTRITT FÜR UNBEFUGTE STRENGSTENS VERBOTEN! «

Henry beschloss, dass er zum Eintritt berechtigt war. Falls ein Koch sich deswegen bei der Polizei beschweren wollte, umso besser. Henry hatte keinerlei Grund, die Öffentlichkeit zu scheuen, ganz im Gegenteil. Aus den Augenwinkeln beobachtete er, wie sich die Aufzugstür hinter ihm schloss. Nun blieb ihm keine andere Wahl.

Entschlossen trat er durch die Tür.

- - -

In der Küche war es heiß und stickig. Selbst um diese Zeit herrschte hier noch emsige Geschäftigkeit. Es dauerte einige Augenblicke, doch dann wurde Henry urplötzlich klar, dass er momentan der einzige Mensch hier unten war.

Zwar gab es tentakelbewehrte Spülmaschinen, die mit akrobatischem Geschick Tabletts und Teller balancierten. Es gab Rührer, Bräter und alle Arten von Kochrobotern. Letztere trugen kleine weiße Mützen und flitzten mal hierhin, mal dorthin zwischen Töpfen, Pfannen und Bratröhren in denen es brodelte und brutzelte.

Es drängte Henry nicht sonderlich die Geheimnisse dieser mechanisierten Produktionsstätte kulinarischer Genüsse zu erkunden. Er suchte lediglich nach einem Ausweg und zwar schnell. Suchend blickte er sich um und versuchte sich in diesem automatisierten Chaos zu orientieren. Der saalähnliche Raum war in vier Reihen mit unterschiedlichem Kochgerät eingeteilt.

Endlich entdeckte Henry den Rettungsanker in Form eines Schildes auf dem stand »NOTAUSGANG« und dessen Pfeil quer durch den Saal auf die ihm gegenüberliegende Wand zeigte. Dort konnte Henry im Dunst undeutlich eine kurze Eisentreppe erkennen die in einer Stahltür endete.

» Rasch nun, bevor es einer merkt! « sagte er sich und spurtete los.

Doch der gerade Weg war ihm versperrt. Immer wieder musste er Robotern ausweichen, die ihn anrempelten und ihm trotz höflicher Worte ganz offensichtlich ans Leder wollten.

Allen voran schwang eine bullig aussehende Kochmaschine drohend einen schweren Metallstampfer. Henry musste sich vor ihren Schlägen hinter der dampfenden Friteuse in Sicherheit bringen.

Doch gleich darauf schreckte er entsetzt zurück. Im Bildschirm des Wartungsfeldes, direkt neben den Kesseln mit dem siedenden Öl erschien das Bild der ihm bestens bekannten blonden Dame.

Sie zog einen Schmollmund.

» Sir! Wir können Ihnen diese Methode wirklich nicht empfehlen! Unserer Information nach ist sie äußerst schmerzhaft! «

» Argh! « rief Henry und versuchte nicht daran zu denken

was geschehen wäre, hätte der Computer nicht diese überaus menschenfreundliche Denkweise an den Tag gelegt.

In Panik rannte er weiter. Henry schaffte es im Spurt bis kurz vor die rettende Treppe. Er musste nur noch um eine Säule herum.

Dahinter traf er allerdings auf einen metallenen Torso, dessen sechs Tentakelarme in blitzenden und äußerst unangenehm aussehenden scherenartigen Werkzeugen endeten.

Die Maschine war gerade dabei fachgerecht eine Ochsenhälfte auszubeinen. Henry hätte schwören können, dass sie dabei zufrieden vor sich hinsummte.

Kaum geriet Henry in ihren Sichtbereich, da sprach sie ihn auch schon mit einem bezaubernden französischen Akzent an.

» Voilà, Monsieur! Sie bevorzugen den Filetautomaten. Très bien! Eine wirklich vortreffliche Wahl! «

» Hiiilfe! « Henry geriet nun vollends in Panik.

Stolpernd rettete er sich auf die Nottreppe, verfolgt von den Tentakeln des frankophonen Filetspezialisten, der ihm - schnipp-schnapp - das Rückenteil seines Anzuges aufschlitzte.

Zu Henrys Glück reichten die Arme des Messerhelden nicht ganz bis zur Tür. Mit einem enttäuschten Brummen sanken sie herab und klapperten ein letztes Mal mit den Scherenmessern.

Nicht, dass Henry den Zuckungen des Automaten hätte viel

Beachtung schenken können. Seine gesamte Aufmerksamkeit war auf die komplizierte Aufgabe gerichtet den Notausgang zu öffnen und gleichzeitig den Schlägen des bulligen, weißbemützten Kochautomaten auszuweichen.

» Bitte halten Sie doch endlich still, Sir! « forderte dieser immer wieder, doch Henry hatte Besseres zu tun. Endlich hatte er die Türverriegelung gelöst.

Unter dem protestierenden Pfeifen der Alarmanlage schlüpfte Henry ins Freie.

\- - -

» Gerettet! « Henry stand in der lauen, dunklen Nacht auf der Rückseite des Hotelgebäudes und atmete schwer.

Aus der Küche drang lautes Poltern und Kratzen. Der Koch-Roboter hatte es trotz seiner Räder geschafft die Treppe zu erklimmen, war dann aber rettungslos in der Türfassung stecken geblieben.

Er schwang den Arm mit dem Schlegel und gurrte mit sexy Stimme, die so gar nicht zu seinem massigen Äußeren passte.

» Sir! Bitte kommen Sie doch näher, Sir! «

Henry ließ sich nicht auf sein Werben ein.

» Fettsack! « schrie er und wandte sich rasch um. Er hatte es auf einmal eilig, zur erleuchteten Front des Hotels und in die Gesellschaft von Menschen zu kommen.

Der schmale Weg vom Notausgang war von dichtem Buschwerk und exotischen Pflanzen kaschiert, um die Hotelgäste nicht zu beunruhigen.

Der Weg führte zunächst dicht an der Hauswand entlang und traf zwischen zwei Sträuchern auf die von Bäumen und Büschen gesäumte Allee, die vom Hauptgebäude zum Aussichtspunkt auf der Klippe führte.

In den Büschen rechts und links des Pfades raschelte es leise. Henry hoffte, dass es nur der Wind war den er hörte. Trotzdem lief es ihm kalt den Rücken herunter. Er argwöhnte, dass er noch nicht in Sicherheit war.

Damit behielt Henry in einer Weise Recht, die seine kühnsten Träume übertraf. Hinter ihm, vor ihm und zu seinen Seiten brachen plötzlich grauenerregende Gestalten aus dem Unterholz.

Im Schein der geschmackvoll-dezenten Parkleuchten umringte ihn eine ganze Horde blutgieriger Gärtner-Maschinen, die allesamt eine drohende Haltung einnahmen. Sie hatten ihre Utensilien zur Gartenpflege mitgebracht. Henry hatte jedoch den Eindruck, dass sie sich auch gut als Mordwerkzeuge eigneten.

Allen voran richtete ein sechsbeiniger Krebs, dessen Rückenpanzer das grün-goldene Hotelwappen zierte seine blitzende Baumschere auf Henry. Ein zweibeiniger Roboter schwang seine Kettensäge in Henrys Richtung und ließ sie immer wieder provozierend aufheulen.

Henry verschwendete keine Zeit mit der näheren Untersuchung der Ausrüstung seiner Verfolger.

Der direkte Weg zur Hotelfront war ihm versperrt. Also floh

er ohne weiter darüber nachzudenken in die entgegen gesetzte Richtung, dem schwach erleuchteten Pfad entlang, der zur Klippe führte.

Henrys Flucht endete auf der Aussichtsplattform, die sich wie eine Zunge über den Rand der Klippe hinausschob. Schwer atmend und zitternd drehte er sich um und blickte gehetzt auf die Phalanx seiner Verfolger.

Das bleiche Mondlicht spiegelte sich auf den metallenen Körpern der Maschinen und auf der Sammlung an Scheren, Äxten, Ketten und Kreissägen, die sie zu seinem Wohle mitgebracht hatten.

Henry trennte nur noch eine schmale Brüstung vor dem über hundert Meter tiefer gelegenen rauschenden Meer.

Der zweibeinige Roboter trat vor, hob seine Kettensäge.

» Bitte treffen Sie Ihre Wahl, Sir! «

Henry suchte verzweifelt nach einer Verteidigung. Zu seinen Füßen lag ein Ast, mehr ein Zweig. Eine ungleiche Waffe im Vergleich zu dem, was seine Verfolger aufzubieten hatten.

Plötzlich kam ihm ein Gedanke.

» Wie haben die mich nur so rasch gefunden? « fragte er sich. » Und wieso konnte ich sie nicht abschütteln? «

Mit einem Mal kam ihm die Antwort. Die Maschinen folgten nicht ihm, sondern seinem Identifikationsmodul! Er trug es ja immer noch bei sich.

Wie ein Blitzschlag traf ihn eine zweite Erkenntnis.

Er hatte am Tag seiner Ankunft ein weiteres Identifikationsmodul vor dem Hoteleingang gefunden und es in Gedanken in seine Brieftasche gesteckt. Über den ganzen Trubel hatte er vergessen, es an der Rezeption abzugeben. Stattdessen hatte er es die ganze Zeit mit sich herumgetragen. Es musste das Modul des getöteten Journalisten sein!

Mit einem heiseren Schrei riss Henry seine Brieftasche aus dem Sakko und schleuderte sie ohne weiter nachzudenken über die Brüstung ins Meer.

Dann packte er den Ast und drang mit einem lauten Schrei auf die Roboter ein. Als die Maschinen ihrerseits losrannten glaubte Henry, sein letztes Stündchen sei gekommen.

Doch keiner der Roboter nahm mehr Notiz von ihm. Wie in Rage stürzten sich seine Angreifer zunächst auf die Plattform und dann wie Lemminge über die Brüstung ins Meer.

Henry hörte noch das zornige Brummen der Kettensäge, dann platschten die schweren Metallkörper ins Wasser.

\- - -

Henry zitterte am ganzen Körper. Mühsam schleppte er sich den Pfad entlang, fort von der Klippe hin zur erleuchteten Vorderfront der Hotelhalle. Als er um die Ecke des Gebäudes bog, schon in Sichtweite des Haupteinganges, da stieß er auf einmal mit einem über zwei Meter hohen Metallgebilde zusammen.

Henry stieß einen lauten Entsetzensschrei aus. Er machte kehrt und wollte davonrennen, doch sein Gegenüber war schneller. Ein Tentakelarm mit gepolstertem Greifer schoss vor und packte Henry am Kragen.

» Sicherheitsdienst! Ich bitte Sie Ihren Widerstand sofort aufzugeben! « schallte es lautstark.

Henrys Bezwinger war eine zweibeinige Maschine mit aufgemalter, schwarzer Uniform, behängt mit Plaketten, Orden und einer Art Sheriff-Stern der sie als Mitglied der »SOUTHERN COMFORT HOTEL POLICE« auswies.

» Nun ist alles aus! « dachte Henry verzweifelt.

Doch die Maschine schien keine unmittelbar unfreundlichen Absichten gegen ihn zu hegen. Mit amtlicher Stimme, passend zu der auf den Kopf der Maschine aufgemalten, amtlichen Miene sagte sie streng:

» Sie wurden ohne gültiges Identifikationsmodul im Park angetroffen. Die Polizei wurde verständigt und ist bereits auf dem Weg hierher! «

» Falls Sie zu den Hotelgästen gehören, bitte ich sie, mir zwecks Identifikation zur Hotelrezeption zu folgen. Ich muss Sie darauf aufmerksam machen, dass das Betreten des Parks zur Nachtzeit nur mit einem gültigen Identifikationsmodul gestattet ist! «

Henry begann zu lachen, immer lauter und lauter, bis er schließlich in der Ferne das Sirenengeheul von Polizeifahrzeugen hörte.

Zu guter Letzt war die Kavallerie angekommen.

\- - -

» Die Polizei hat schließlich den ganzen Spuk beendet! «

Henry nahm einen großen Schluck aus seiner Teetasse. Im Kaminzimmer des Clubs war es jetzt ganz still.

» Alice hatte sie informiert. Als sie mich im Zimmer nicht erreichen konnte hat sie geahnt, dass da etwas nicht stimmt. Sie hat den Hotelmanager und den Sicherheitsdienst alarmiert. Die haben dann zusammen mit den Polizisten den durchgeknallten Computer abgestellt. «

Henry schmunzelte.

» Alice und ich hatten daraufhin genug von diesem intensiven Service und haben das Seminar abgebrochen. Wir haben Urlaub genommen und sind dann beide mit einem Wohnmobil nach Kanada gefahren. Einfach so! Ohne Service-Computer. Phantasie haben wir schließlich selbst genug, oder? «

Dann gab er Alice einen langen Kuss.

Alles für die Familie

Die kleine, schmucke Wohnsiedlung am Rande der großen Straße hieß Fishers Creek.

Man sieht sie zwischen den Bäumen wenn man bei der Fahrt auf dem Interstate 95 ein wenig nach links oder rechts Ausschau hält.

Kleine, schmucke Sträßchen, weiß und gelb geschindelte Holzhäuschen, vor jedem ein Fleckchen sauber getrimmten Grasens, dieses überkront von dem obligatorischen Baum, dessen wohl geschnittene Äste sich über eine blitzblanke Einfahrt reckten. Vor jeder sauber gefegten Garage stand ein ebenso blitzblank geschrubbtes, chromblitzendes Auto und auf der Veranda erwartete ein gepflegter Holzkohlengrill das samstägliche Grillvergnügen.

In dieser Siedlung genoss man die Idylle. Nichts störte die Bewohner mehr als laute Geräusche, Schmutz, Ausländer und Insekten unter der Veranda, nicht notwendigerweise in dieser Reihenfolge.

Die Fliegen und Käfer waren dieses Jahr besonders schlimm, das fand jedenfalls Betty-Sue. Sie verabscheute Insekten, vor allem die aus ihrem Garten. Es wurde Zeit wieder den Kammerjäger zu holen.

Insekten waren dick, schwarz, ekelig und knackten, wenn man sie zertrat.

Erst neulich hatte Betty-Sue im *Discovery Channel* eine Reportage gesehen, aus Russland oder Europa oder irgendwo sonst. Dort seien Menschen von Insekten angegriffen und sogar angefressen worden. Genau erinnerte sie sich zwar nicht mehr, aber immerhin.

Käfer waren gefährlich und ihnen war nicht zu trauen.

Anthony, ihr Gatte war ihr in dieser Frage keine große Hilfe. Er saß wie immer samstags um diese Zeit in Unterhemd und Shorts im Wohnzimmer und sammelte nach der anstrengenden Wagenwäsche vor dem Fernseher neue Kräfte.

Er sah in den Insekten keine unmittelbare Bedrohung, zumindest nicht für sein 95er Mercury Cabriolet. Probleme hatte er nur mit den Maulwürfen im Rasen. Denen hatte er bereits vor Wochen den Krieg erklärt und rückte ihnen mit allen ihm zur Verfügung stehenden technischen und chemischen Hilfsmitteln zu Leibe. Bislang allerdings nur mit mäßigem Erfolg.

So war sein Interesse an einem Nebenkriegsschauplatz gegen Kakerlaken eher gering. Entsprechend zurückhaltend fielen seine diesbezüglichen Kommentare aus.

Betty-Sue seufzte ob soviel Anteilnahme als ihr Blick auf das Haus gegenüber fiel. In der Einfahrt stand ein kleiner, unscheinbarer, gelber Transporter, aus dem gerade ein kleiner, unscheinbarer, grau gekleideter, älterer Mann stieg.

Diese Tatsache erweckte auf der Stelle ihr Interesse. Dieses Haus stand doch seit Wochen zum Verkauf, nachdem endlich diese schrecklichen Howards ausgezogen waren. Betty-Sue schauderte noch jetzt bei dem Gedanken an diese

Familie, die so gar nicht in die schmucke Siedlung gepasst hatte.

Schlimm genug waren alleine die drei Howard-Kinder gewesen. Drei wilde, schmutzige Kinder, die selbst während der Mittagszeit vor dem Haus herum lärmten.

Doch die Krönung war dieser Hund. Eher Kalb als Hund, mit langen strähnigen Haaren und fletschenden Zähnen. Schon beim Gedanken daran stieg in Betty-Sue Angst und Ekel auf.

Die Howards hatten ihre Kinder einfach so mit diesem ungewaschenen Untier spielen lassen. Solch ein Leichtsinn! Das Vieh hatte sicher Flöhe oder einen Bandwurm gehabt. Damit lässt doch kein anständiger Mensch seine Kinder herum laufen.

Nein, so fand Betty-Sue, solche Leute passten wirklich nicht hierher.

Anthony war in dieser Frage mit Betty-Sue ausnahmsweise einer Meinung gewesen. Er hatte schließlich mehrfach feststellen müssen, dass die Howards am Samstagnachmittag nicht, wie das schließlich üblich war, ihren Wagen wuschen.

Diese Leute hatten das Vehikel einfach schmutzig wie es war vor dem Haus stehen lassen und sich zu einer Zeit in ihren Garten gesetzt und gefeiert, wo jeder anständige Bürger dieser Siedlung seinen Pflichten nachgehen musste.

Das war unerhört, einfach asozial. Solche Leute gehörten nicht hierher. Nach einiger Zeit war sich die gesamte Siedlung darüber einig geworden. Danach dauerte es nicht mehr lange, bis die Howards schließlich weggezogen waren.

Und dieser Mann nun? Wollte er das Haus kaufen? Würde er zu all den ehrbaren Bürgern passen? Diese Frage war essentiell, geradezu lebenswichtig. Betty-Sue musste das schleunigst herausbekommen.

» Tony! He, Tony! «

Aufgeregt band sie sich ihre Schürze ab und strich prüfend über ihr Haar.

» Ich glaube das Haus gegenüber ist verkauft. «

Ihr Gatte brummelte nur und nahm einen Schluck von seinem Budweiser. Die Gameshow im TV beanspruchte momentan seine gesamte Aufmerksamkeit.

Missbilligend zog Betty-Sue ihre Augenbrauen hoch. Mochte Anthony diesen existentiellen Fragen gegenüber auch noch so ignorant sein, sie wusste genau was sie zu tun hatte.

Nach einem letzten prüfenden Blick in den Spiegel verließ sie das Haus und überquerte entschlossen die Straße.

Der kleine, grau gekleidete Mann mühte sich gerade ab, ein großes Gerät in das Haus zu schleppen. Irgendetwas Technisches. Das Männchen keuchte und stöhnte. Betty-Sue war für einen Moment in Sorge, er könne vor Erschöpfung vor ihren Füßen zusammenbrechen.

Sie ließ sich ihre Gedanken jedoch nicht anmerken.

» Hallo! « flötete sie und lächelte gewinnend.

» Wir wohnen gegenüber und ich dachte, ich schaue einmal

herüber ob ich etwas für Sie tun kann! «

Ihr Gegenüber ächzte noch einmal, dann richtete er sich auf. Er reichte Betty-Sue gerade einmal bis zu den Schultern.

Sein grauer Anzug wirkte ein wenig altmodisch aber adrett und seriös. Nicht so schlampig wie dieser Howard, der als Zeichner für eine Werbeagentur gearbeitet hatte.

Betty-Sue fragte sich, was für einen Beruf ihr neuer Nachbar wohl hatte.

Er sah nicht gerade gesund aus. Ein graues Gesicht, dunkle Augen in tiefen Höhlen. Ein jammervoller Anblick, so dachte sie bei sich. Er braucht dringend frische Luft und etwas Anständiges zu Essen.

» Ziehen Sie gerade ein? Es wird Ihnen hier bestimmt gefallen! « lächelte sie.

» Äh, ja. Gutes Haus. « antwortete ihr Gegenüber wie abwesend und versuchte gleichzeitig, seine Last über die Türschwelle zu schleppen.

» Ist das Ihr Kühlschrank? «

Betty-Sue war sich dessen nicht sicher. In Form, Farbe und Größe erinnerte der Kasten, der ihrem Nachbarn so viel Mühe bereitete an ein Küchengerät. Doch es hatte auf der Oberseite mehrere Lampen und eine Skala, die eher zu einem Radio gepasst hätte.

» Ja, ja. « kam die gemurmelte Antwort.

» Sie können mir wirklich helfen, den, äh, hm in das Gebäude zu bringen. «

Betty-Sue verstand die gemurmelten Worte nicht ganz. Der technische Kram war ihr jedoch auch gleichgültig. Den neuen Nachbarn fand sie viel interessanter.

Gemeinsam schafften Sie es, den Kasten durch die Haustür zu schieben. Das Teil war weitaus leichter, als es Betty-Sue ursprünglich vermutet hatte. Ihr neuer Nachbar war offenbar ziemlich erschöpft. Hoffentlich war er nicht ernsthaft krank, dachte Sie.

Interessiert linste Sie von der Diele in das schwach erleuchtete Wohnzimmer hinein. Der Raum war sauber doch er stand bereits voll mit technischem Gerät aller Art. Graue Kästen mit düsterroten Lämpchen dran. Dazwischen Rohre, die leise vor sich hinsummten und wie es schien, war alles irgendwie miteinander verbunden. Der Mann war wohl ein Bastler.

Nun, dachte Betty-Sue praktisch wie immer, dann kann ich ihn sicher einmal einspannen, wenn der Wäschetrockner wieder einmal nicht funktionieren will.

Anthony war in technischen Dingen einfach viel zu ungeschickt und nicht zu gebrauchen.

» Das ist ja sehr beeindruckend. Ist das Ihre Stereoanlage? « lächelte sie, um eine Unterhaltung zu beginnen.

Sie erntete aber nur ein »Äh, ja« als unbestimmte Antwort.

Betty-Sue war verwirrt. Ihrer Erfahrung nach konnten in Technik verliebte Männer stundenlang von ihren Spielzeugen schwärmen. Ihr neuer Nachbar bildete da offenbar eine Ausnahme.

In der Tat gab es weitaus wichtigere Dinge in Erfahrung zu bringen.

» Sie haben hier viel Platz für Ihre Familie. « bemerkte sie wie beiläufig.

» Oh, ja! « Nun ging ein Leuchten über das graue Gesicht ihres Nachbarn.

» Viel Platz, ja. Guter Platz. Gutes Haus. Viele gute Nachbarn. Familie wird sich freuen. Muss für sie sorgen. «

Der Rest ging in einem Murmeln unter.

Die Sprache verwirrte Betty-Sue ein wenig.

» Der ist sicher nicht von hier! Hoffentlich ist das kein Ausländer! « dachte Sie.

» Dann wird ihre Familie sicherlich bald nachkommen? « fragte Sie mit einem unschuldigen Lächeln.

» Ja! « lächelte ihr Gegenüber. »Bald! Schon morgen! Mit dem Schiff! «

Doch ein Ausländer! Dachte Betty-Sue bei sich.

Nun, egal, ich erfahre schon noch rechtzeitig wo der herkommt. Das ist sicherlich ein rechtschaffener Mann, der nur seine Familie ernähren will.

Auf jeden Fall besser als diese schrecklichen Howards.

» Falls Sie etwas brauchen, kommen Sie einfach bei uns vorbei. «

Betty-Sue verließ zufrieden das Haus um Anthony die Neuigkeiten mitzuteilen.

» Oh, ja! Wir kommen gerne. Das werden wir! Ganz sicher! Schon bald! « murmelte das graue Männchen ihr nach.

Als sich die Haustür hinter Betty-Sue geschlossen hatte, sank er mit einem Seufzer zu Boden. Ein Geräusch ertönte, wie von zerreißendem Stoff. Die Haut seiner Brust sprang auf und aus der klaffenden Öffnung stiegen fünf dicke, schwarze Käfer.

Sie krabbelten über dem nunmehr leblos am Boden liegenden Torso zu den grauen Kästen mit den düsterroten Kontroll-Lampen und berührten diese mal hier mal dort mit ihren zitternden Fühlern. Das Summen veränderte sich.

Sie waren mit ihrer Arbeit zufrieden. Sie hatten als Vorhut nun auch auf diesem Kontinent ihre Aufgabe erfüllt. Die anfliegenden Raumschiffe konnten die Signale aller Sender störungsfrei empfangen.

Alles war bereit. Überall auf diesem herrlich fruchtbaren Planeten.

Morgen früh schon würden die sechs Raumschiffe mit den verbleibenden hundertfünfzig Milliarden Mitgliedern der Familie in das System einfliegen und überall auf dieser Welt an den geplanten Stellen landen.

Hundertfünfzig Milliarden Kinder und Neffen, Brüder und Schwestern. Hundertfünfzig Milliarden hungrige Kiefer, die es zu ernähren galt.

Doch hier lief wohlschmeckendes Eiweiß in Hülle und Fülle herum.

Fünf Fühlerpaare zitterten.

» Familie wird mit unserer Wahl zufrieden sein! Guter Planet! Gute Gegend! «

» Gute Bewohner! «

» Gutes Essen! «

Point Zero

Charles Timothy Mansfield hätte von sich aus nie den Wunsch verspürt zu studieren. Für Leute seiner Herkunft gab es schließlich viel interessantere Arten der Beschäftigung, zum Beispiel in Gesellschaft braungebrannter Schönheiten auf einer Yacht durch die Karibik zu segeln.

Da er aber sein Penthouse in der City, seinen roten Flitzer und all die anderen Annehmlichkeiten an die er Zeit seines Lebens gewöhnt war, behalten wollte, musste er sein Studium wohl oder übel durchziehen.

Seine Eltern hatten ihm ihren Standpunkt mit Nachdruck klar gemacht. Sie würden Charles den Geldhahn zudrehen wenn er nicht mitspielte.

» Diese alten Erpresser! « murmelte Charles zornig und verzog sein Gesicht.

» Komm Charly! Lass uns noch einen trinken! «

William »Billy« Norris gehörte zu Charles wenigen Freunden, und durfte ihn daher ungestraft beim Vornamen nennen. Niemand sonst konnte sich das erlauben. Erst kürzlich hatte ein Kommilitone deswegen sogar eine gebrochene Nase davongetragen.

Anders als Charles ging Bill mit seinem Studium viel entspannter um. Selbstverständlich drängten auch Billys Eltern ihren Sohn zu akademischen Würden und untermauerten ihren Wunsch mit attraktiven finanziellen Anreizen. Doch anders als Charles hatte sich Billy damit abgefunden, dass der elterliche Geldfluss von seinen Studienergebnissen abhing und zur Absicherung wirksame Maßnahmen ergriffen.

Die beiden trafen sich allabendlich in ihrer Stammkneipe im Penthouse des Clinton-Komplexes, eines der höchsten Geschäftshäuser in Groß-Chicago. Ihr Stammplatz bot ihnen einen atemberaubenden Blick über die City bis hin zum Michigan-See.

Doch trotz der herrlichen Aussicht und den erfrischend eisgekühlten Xantus-Specials auf ihrem Tisch, klagten sich die beiden immer wieder ihr Leid. Charles schwärmte dabei wie jedes Mal über die Vorzüge eines Lebens im vorigen Jahrhundert.

Charles Ideen beruhten auf seinen Studien über die »Psychosozialen Beziehungen in kriminellen Banden des zwanzigsten Jahrhunderts«.

Er hatte über dieses Thema sogar eine eigene Arbeit verfasst. Ein paar Sozialwissenschaftler, die neuartige Methoden der Verbrechensverhütung durch genetische Kontrolle studierten waren von seinen eher unorthodoxen Schlussfolgerungen richtiggehend begeistert gewesen. Doch Charles hatte über diese Leute nur verächtlich gelächelt.

Polizeiarbeit und Kriminalprävention interessierten ihn nicht im Geringsten. Charles ging es einzig und allein um die Entfaltung seiner persönlichen Macht und um die Mehrung seines Reichtums.

Die Person Al Capones, eines berühmt-berüchtigten Bürgers

Chicagos hatte ihn seit seiner Jugend fasziniert und inspiriert. Aus diesem Grund erschien ihm eine kriminelle Organisation als das am besten geeignete Mittel seine Ziele zu erreichen.

Ihn beeindruckte vor allem der Erfolg verschiedener Banden aus der Nachkriegszeit. Charles malte sich oft aus wie es wohl gewesen wäre, wenn er selbst solch eine Organisation angeführt hätte.

Billys Wünsche hingegen waren weitaus simpler gestrickt. Er wollte einfach nur reich sein und ansonsten in Ruhe gelassen werden. Alles andere interessierte ihn nicht.

Er wusste, dass er lediglich ausreichend gute Studienergebnisse vorweisen musste, dann lief seine elterliche Geldversorgung wie geschmiert. Billy hatte sogar einen Kurs in Transzendentaler Physik belegt nur um diese abzusichern.

Zwar hatte er von polydimensionalen Ableitungen und dem ganzen anderen mathematischen Kram keinen blassen Schimmer, doch am Institut arbeitete Steve Cunningham und den hatte er kennen gelernt.

Im Gegensatz zu Charles und Billy musste Steve für sein Studium selbst aufkommen. Deswegen jobbte er am physikalischen Institut, war aber froh über alles Geld das er sonst noch irgendwie auftreiben konnte.

Zum Beispiel von Billy. Deshalb versorgte er ihn vorab mit Lösungen von Übungen und Klausuren, die er aus irgendwelchen dunklen Quellen schöpfte. Billy stellte über die Herkunft der Lösungsblätter keine Fragen und zahlte gut.

Diese Symbiose war für beide Seiten profitabel. Sie sicherte sowohl Steves Überleben an der Universität als auch Billys Studienerfolg ab und bewahrte damit dessen elterliche Geldquelle wirksam vor dem Versiegen.

Steve selbst hätte aufgrund seiner hohen Intelligenz und seines großen Fleißes sein Studium schon vor langer Zeit mühelos abschließen können. Doch er zögerte den Abschluss immer wieder hinaus.

Steve brauchte die Computer und andere technische Einrichtungen des Institutes um sich einen lang gehegten Traum zu verwirklichen.

Er bastelte nämlich insgeheim an einer Zeitmaschine.

- - -

» He, Steve! Hast du schon die Lösungsblätter für die Matheklausur nächste Woche besorgt? «

Billy war gleich nach dem Aufstehen, also kurz nach zwölf Uhr, zusammen mit Charles bei Steve aufgetaucht.

Charles sah sich angewidert in Steves Wohnung um. Steve hauste in Chicago Downtown direkt neben der Garage unter dem Zears, dem großen Einkaufszentrum.

Anders als bei Billy und ihm zu Hause gab es in Steves Wohnung keine großzügigen, klimatisierten Wohnlandschaften mit Wasserspielen, Pflanzen und uniformierten Wachleuten vor der Tür.

In diesem Bezirk waren die Straßen voller Abgase und Müll. Die Leute hier waren schon froh, wenn sie von Straßenräubern verschont blieben. Die wiederum waren mit den hiesigen Verhältnissen durchaus zufrieden. Ihr Geschäft lief gut und Polizeistreifen verirrten sich nur selten in diese Gegend.

Trotz dieser wenig attraktiven Umgebung war Steve mit seiner Behausung im Großen und Ganzen zufrieden. Sie bot ihm für wenig Geld immerhin zwei Räume, auch wenn diese im Keller lagen und kahle Betonwänden ohne Fenster besaßen.

Den einen Raum benutzte Steve als Schlafraum, Wohnzimmer und Dusche, den anderen als Esszimmer, Küche und als Laboratorium.

Hier hielt er sich für gewöhnlich auf, wenn er nicht gerade schlief, duschte oder im Physikalischen Institut der Universität arbeitete.

Als Antwort auf Billys Begrüßung deutete Steve brummelnd zu dem mit Geräten überfüllten Tisch, auf dem eine rote Mappe mit Papieren lag.

Er selbst balancierte auf einer Leiter und schraubte dabei an einer hohen Stahlkonstruktion herum. Sprechen konnte er nicht, da sein Mund mit Schrauben gefüllt war. Billy stürzte sich auf die Papiere, überflog sie und nickte dann befriedigt.

Charles hingegen blickte sinnend auf das Gebilde, an dem Steve so verbissen werkelte.

Dann murmelte er leise, immer noch in Gedanken versunken.

» Billy! Ist das die geheimnisvolle Maschine? «

» Ja! Verrückt, nicht wahr? « antwortete Billy leise.

» Der Kerl ist ziemlich durchgeknallt. Aber rechnen kann er wirklich gut. Bisher hat alles bis aufs i-Tüpfelchen gestimmt! «

Steve hatte inzwischen alle Schrauben befestigt und war wieder von der Leiter heruntergeklettert.

Misstrauisch beäugte er seine beiden Besucher. Er kannte Charles Ruf. Daher hielt sich seine Begeisterung über diese neue Bekanntschaft in sehr engen Grenzen.

In Charles Kopf hingegen blitzten die Gedanken.

»Was wäre, wenn dieser Verrückte Recht hat und dieses Ding tatsächlich funktioniert? Das muss ich unbedingt herauskriegen! «

Er beschloss auf den Busch zu klopfen und lächelte Steve liebenswürdig an.

»Mann! Das ist ja ein tolles Stück Arbeit! Ein richtiges Meisterwerk! «

Mit Interesse musterte er die Anlage.

Billy blinzelte ihn von der Seite an. Das plötzliche Interesse seines Freundes an Technik und Maschinen war ihm überhaupt nicht geheuer. Doch Charles ließ sich nicht beirren.

» Die Jungs am Institut behaupten, du würdest an einer Zeitmaschine bauen. Meinen die das ernst? « fragte er Steve und lächelte dabei so freundlich wie Billy das noch nie an seinem Freund bemerkt hatte.

» Ja! Äh, nein! Äh, eigentlich schon! « stotterte Steve verwirrt.

Bei diesem Thema hatte er sich - natürlich nur im übertragenen Sinne - bereits mehr als einmal eine blutige Nase geholt. Daher antwortete er vorsichtig.

» Ich will damit nur ein paar Theorien beweisen. Am Institut gibt es dafür kein besonderes Interesse. «

» Klar! Die Jungs dort nehmen dich einfach nicht ernst. Hör zu! Das sind doch alles klein karierte Spinner! Die sind bloß neidisch auf dich, weil sie selbst nicht durchblicken! «

Dabei trat Charles hart auf Billys Fuß, als dieser glucksend zu kichern begann.

» Halts Maul! « zischte er leise und böse.

Doch sofort lächelte er Steve wieder an.

» Mann, ich glaube dir! Funktioniert die Anlage schon? Hast du damit schon etwas durch die Zeit geschickt? «

Nun begannen Steves Augen zu leuchten. Endlich hatte er jemanden gefunden, der ihn nicht verspottete sondern sich sogar für sein Werk interessierte. Er zeigte seinen Gästen ausführlich seine Konstruktion und erklärte die Zusammenhänge mit Begriffen aus der polydimensionalen Mathematik.

Während Billy sich dabei gelangweilt in der Nase bohrte, hörte Charles aufmerksam und geduldig lächelnd zu.

Er bewunderte eingehend den drei Meter durchmessenden und zweieinhalb Meter hohen Metallzylinder mit der druckfesten Tür und dem kleinen, runden Fenster. Er murmelte anerkennende Worte, nachdem er ausgiebig Spulen, Röhren, Hochspannungskabel und all die anderen seltsamen Maschinenteile betrachtet hatte.

Dabei war Charles selbstverständlich vorsichtig genug, keine tiefer gehenden technischen Fragen zu stellen. Steve sollte ihn ja nicht in eine Diskussion verwickeln, bei der er in keiner Weise mithalten konnte. Seine Vorsicht war jedoch völlig überflüssig, denn Steve war dermaßen in Fahrt, dass er alles von selbst erklärte.

» Der Apparat kann so wie er ist knapp 400 Kilogramm Nutzlast in die Vergangenheit verschieben. Lebewesen sind kein Problem! Ich habe schon Mäuse, Vögel und sogar einen Hund in die Vergangenheit versetzt und wieder zurückgeholt. Alle waren hinterher putzmunter. «

Steve strahlte und Charles Gesicht zeigte ehrfürchtiges Staunen.

» Das ist ja phantastisch! Könntest du jede beliebige Zeit einstellen und…? «

» Nein. Leider nicht! «

Steve war nun ganz in seinem Element.

Charles ließ sich sogar von ihm unterbrechen ohne zu protestieren. Billy wusste nicht, was er sagen sollte. So aufmerksam und zuvorkommend hatte er seinen Freund noch nie zuvor gesehen. Steve, der Charles ja nicht kannte, fiel das natürlich nicht auf. Deshalb erzählte er munter weiter.

» Ich kann nicht alle Zeitalter gleichermaßen gut erreichen. Das hängt mit der Periodizität der verschiedenen Zeitebenen zusammen. Die Energie-Zeit-Funktion sieht ähnlich aus wie die Wellen auf einem See, nur viel, viel komplizierter. Es gibt so etwas wie Hügel und Täler, die unterschiedlich weit auseinander liegen. In der Mitte liegt die Gegenwart. Je weiter nach außen, also in die Vergangenheit es geht, desto flacher werden die Wellen und desto unsicherer wird der Transport. «

Steve seufzte.

» Ich kann aus Energiegründen nur die näheren Hügel erreichen. Trotzdem ist der Energieumsatz enorm. Bevor ich wirklich weit in die Vergangenheit vorstoßen kann, muss ich erst die Abschirmung verbessern, sonst verbrennt mir das Gerät. Das liegt an der Verlustleistung. Du verstehst? «

Charles nickte geduldig obwohl ihm bereits jetzt der Kopf rauchte. Innerlich hatte er längst genug von all dem komplizierten Mist, doch er ließ sich nichts anmerken. Er lächelte und war ganz Ohr als Steve weiter dozierte.

» Das Problem dabei ist, dass es für eine Zeitreise nicht ausreicht nur den Zeitpunkt genau zu treffen. Du musst das Ziel auch im Raum ganz exakt positionieren sonst kannst du den Trip vergessen! «

Steve deutete mit der Hand auf den Boden vor sich.

» Dieser Punkt hier zum Beispiel ist in Wirklichkeit überhaupt nicht festgelegt. Er bewegt sich nämlich mit der Erde durch den Weltraum. Die Erde dreht sich um ihre Achse und bewegt sich dabei um die Sonne. Die Sonne bewegt sich auf einer Bahn um den Mittelpunkt der Galaxis und so weiter. «

Steve fuchtelte mit den Händen in der Luft herum.

» Damit du in der Vergangenheit auch wirklich genau auf dem Erdboden landest muss dich die Maschine auch räumlich ganz exakt versetzen. Sonst landest du mitten im Weltraum oder im Erdinneren und dann wärst du tot. «

Steve sieht jetzt richtig traurig aus, fast wie ein Dackel, dachte Billy leise schmunzelnd.

» Ich kann deshalb in Wirklichkeit nur ganz wenige Ziele in Ort und Zeit vorherbestimmen. Ich arbeite aber daran, das Verfahren zu verbessern und zu verfeinern. «

» Das leuchtet mir ein, Steve! «

Charles nickte nachdenklich.

» Doch sag einmal! Wo liegen denn die nächsten erreichbaren Ziele? In Zeit und Raum, meine ich, dort, wohin du Leute schicken kannst ohne dass sie verbrennen oder im Weltraum landen? Wie errechnet man das Ziel denn, wenn alles so kompliziert ist? «

Nun war Steve ehrlich erstaunt.

» Mit dem Computer natürlich! Das Einstellen ist kinderleicht. Den Rest macht meine Software ganz alleine. Warte einmal, ich zeige es dir! Hier tippst du die gewünschte Epoche ein. Irgendwelche Wünsche? «

Wie aus der Pistole geschossen kam Charles Antwort.

» 1950! «

Steve murmelte vor sich hin und tippte die Zahlen ein.

» Also gut, 1950! «

Charles beobachtete ihn dabei ganz genau.

» Passt nicht ganz, würde aber ausreichen. Schau einmal hier! «

Er zeigte auf die Liste auf dem Bildschirm.

» Es gibt nur wenige Ziele. Wohin soll's gehen? «

Charles traf seine Wahl ohne zu Zögern.

» Dorthin! «

Steve gab dem Computer den Befehl und zeigte dann auf einen grünen Knopf.

» So! Jetzt könnten wir hier draufdrücken, uns gemütlich in die Maschine setzen und eine Minute später einen Ausflug ins vorige Jahrhundert machen. Das würde das Kaufhaus allerdings ungefähr 15000 Kredite kosten! «

Als Steve die fragenden Gesichter seiner Gäste sah, beeilte er sich zu erklären.

» Wegen des Energieverbrauchs. Ich habe ihre Hauptleitung angezapft, wisst ihr! «

Charles schlug Steve lachend auf die Schulter.

» Mensch Steve! Du bist ein Mann nach meinem Geschmack! «

Er zog ein dickes Bündel Banknoten aus der Tasche.

» Das ist für deinen interessanten Vortrag. Vielleicht komme ich auf dein Angebot zurück! «

Damit wandte sich Charles zum Gehen und zog den verdatterten Billy mit sich hinaus.

Steve blickte abwechselnd auf das Geld in seiner Hand und auf die geschlossene Tür.

Dann schüttelte er den Kopf und beschloss, erst einmal anständig Essen zu gehen.

\- - -

» Mensch Billy! Du hast überhaupt nichts kapiert! Denk' doch zur Abwechslung einmal selbst nach! «

Charles und Billy hatten sich am Abend wieder in ihrer Stammkneipe getroffen. Zwei dampfende Cocktails standen vor ihnen.

» Der Kerl ist heiß! Das Ganze ist heiß! Brandheiß! Das sage ich dir! «

» Was soll denn an diesem Typen heiß sein? «

Billy schlürfte mit Genuss an seinem Getränk.

» Das ist ein Stubenhocker. Ein Technikfreak. Er schreibt mir meine Arbeiten und besorgt von irgendwoher die Lösungen für die Klausuren. Was soll's? «

Er winkte gelangweilt ab.

Charles jedoch blieb überraschend ernst.

» Dieser Kerl ist unser Schlüssel zum Reichtum. Zu unermesslichem Reichtum! «

In Gedanken fügte Charles hinzu.

» Und zur Macht! Zu Reichtum und absoluter Macht! «

Dies weckte Billy aus seiner Lethargie. Seine Augen quollen vor Erstaunen ein klein wenig vor.

» Was meinst du damit, Charly? «

» Also gut, Billy, ich will es dir erklären! Nimm einmal an, du reist entsprechend gut vorbereitet in der Zeit zurück. Du kennst natürlich die Börsenkurse der nächsten zwanzig Jahre im Voraus. Also kannst du an der Börse spekulieren und zwar ohne jegliches Risiko. «

» Das schafft dir das notwendige Startkapital für alle weiteren Aktionen und den Aufbau der Organisation. Ist dir das nicht klar? «

Als Billy nichts erwiderte fuhr Charles begeistert fort.

» Die Fünfziger Jahre sind eine Goldgrube, die nur darauf wartet, ausgebeutet zu werden. Alkohol, Drogen, Waffenhandel, Prostitution, Schutzgelderpressung. Alles was du willst! «

» Wir brauchen als Startkapital jede Menge Dollarnoten aus der damaligen Zeit. Die zu beschaffen ist aber überhaupt kein Problem. Jeder Trödelladen hat Tonnen davon herumliegen. «

» Wir werden unseren Gegnern in dieser Zeit immer einen Schritt voraus sein. Wir kennen schließlich den Ablauf der Geschichte! «

Nun nahm auch Charles einen tiefen Schluck aus seinem Glas.

» Wir haben praktisch unbegrenzte Geldmittel, die heißesten

Drogen und Waffen, wie sie noch keiner gesehen hat! Glaube es mir! Es gibt kein Risiko! Nur Reingewinn! «

Charles lehnte sich in seinem Stuhl zurück und sagte ernst und ruhig.

» Also, Billy! Nun höre mir ganz genau zu, was du zu tun hast! «

» Jawohl, Boss! «

Das war so ziemlich das Einzige was der verdatterte Billy herausbringen konnte.

Charles quittierte diese Anrede mit einem Lächeln. Sie würden ein gutes Team abgeben.

Dann begann er Billy seinen Plan zu erklären. Es würde viel zu tun geben.

Wie alle erfolgreichen Eroberer mussten Sie sich gut auf ihren Kreuzzug vorbereiten.

- - -

» Guten Morgen, Steve! «

Charles und Billy waren drei Tage später überraschend bei Steve aufgetaucht. Sie hatten Taschen und Kisten mitgebracht.

Steve sah dies mit Misstrauen. Dunkle Ahnungen beschlichen ihn. Er machte sich Vorwürfe, dass er den beiden so freizügig von seinem Projekt berichtet hatte.

» Steve! Du kannst dir zehntausend Kredite verdienen, wenn du uns und unser Gepäck in das Jahr 1950 transportierst. Mit uns zusammen sind das knapp 400 Kilogramm. Genau wie du es gesagt hast. Das müsste also funktionieren! «

» Oh! So einfach geht das nicht! Was wollt ihr dort überhaupt? «

Steve stammelte verdattert.

» Wisst ihr, ihr könntet unglaubliche Verwicklungen erzeugen, selbst wenn ihr euch nur in der Öffentlichkeit sehen lasst! «

Schaudernd fügte er hinzu

» Von einem Zeitparadoxon einmal ganz abgesehen! «

» Also erstens, Steve! « antwortete Charles, diesmal leise und ganz ohne Lächeln.

» Erstens sorgst du ganz einfach dafür, dass alles klappt! Das ist dein Job! Du bist doch schließlich ein Genie. Wir wissen das! «

Seine Stimme wurde noch eine Spur schärfer.

» Und zweitens braucht es dich nicht zu interessieren, was wir vorhaben! Das ist eine Ein-Wege-Mission. Wir brauchen keine Rückfahrkarte! Ich erhöhe mein Angebot auf fünfzehntausend. Und jetzt los! «

» Nein, Charles ! Ich werde euch nicht transportieren! Ich muss sicher sein, dass ihr kein Paradoxon auslöst. Wir könnten hier alle sterben wenn ihr einen Fehler macht! «

» Vielleicht hast du damit Recht! « erwiderte Charles kalt und griff in seine Tasche.

Ein kurzes Zischen ertönte. Der Schockstrahl traf den völlig überraschten Steve mitten in die Brust. Er fiel zu Boden.

Billy schrie entsetzt auf. Charles hingegen ging äußerlich völlig ungerührt zu Steve hinüber, der halb gelähmt am Boden lag. Er war noch immer bei Bewusstsein und wimmerte leise.

» Du hättest besser mit uns kooperiert! «

Charles hob erneut die Waffe.

Steve stöhnte mit verzerrtem Gesicht.

» Dafür werdet ihr in der Hölle schmoren! «

Charles zeigte sich unbeeindruckt. Er schoss noch einmal und Steve wurde endgültig ohnmächtig.

» Billy! Du sorgst dafür, dass es hier keine Spuren gibt. «

Er zeigte auf Steve der verkrümmt am Boden lag.

» Den Kerl hier sperrst du in sein Schlafzimmer ein damit er uns keinen Ärger macht falls er vorzeitig aufwacht! Ich kümmere mich inzwischen um die Maschine. «

Charles strahlte Ruhe und Selbstsicherheit aus. Billy hatte zwar eine Heidenangst, trotzdem führte er Charles Befehle ohne Widerspruch aus. Erst zerrte er den gelähmten Steve in dessen Schlafzimmer. Dann verstaute er ihr Gepäck in der zylindrischen Kammer.

Charles hatte inzwischen an der Computerkonsole Ort und Zielzeit eingestellt, genau so wie er es drei Tage zuvor bei Steve gesehen hatte.

» Hm! « murmelte er.

» Der genaue Zeitpunkt klappt nicht ganz. Ein halbes Jahr vorher? Schadet sicher nichts! Und die Wüste ist als Ort ideal. Es wird keine Zeugen geben! «

Er lächelte böse und klopfte auf seine Tasche mit dem Schockstrahler darin.

» Dafür werde ich schon sorgen! Wir werden mit allem fertig, kein Problem! «

Als letztes brachte er die kleine Sprengladung mit Zeitzünder am Computer an. Niemand sollte wissen, wohin sie gereist waren, nicht einmal Steve, wenn dieser in ein paar Stunden mit schwerem Kopf aus seiner Schockstarre erwachen würde.

Dann drückte Charles den grünen Knopf. Die beiden betraten die Maschine und schlossen sorgfältig hinter sich die Tür. Geduldig warteten sie auf den Start.

Ein paar Sekunden später begann es um sie herum zu summen und zu rauschen. Die Geräusche wurden immer lauter, bis schließlich die gesamte Maschine vibrierte und dröhnte.

Plötzlich war es ihnen, als würde sich der Boden unter ihren Füßen öffnen und Billy wurde übel.

Charles hingegen blickte gespannt durch das Bullauge und sah die Geräte im Labor in grauem Nebel verschwimmen. In das unangenehme Gefühl der Schwerelosigkeit mischte sich heißer Triumph.

Sie waren unterwegs!

\- - -

Lieutenant Colonel Jim T. Callaghan war bereits seit drei Uhr früh auf den Beinen.

Als Presseoffizier fiel ihm die wichtige Aufgabe zu die fünf VIPs zu betreuen um sie bei Laune zu halten. Es waren Regierungsleute aus dem Energieministerium, die sich um die Finanzierung des Vorhabens gekümmert hatten. Jetzt wollten sie natürlich dem denkwürdigen Ereignis als Ehrengäste beiwohnen.

Jim machte diese Aufgabe Spaß. Nur das frühe Aufstehen mochte er nicht.

Gähnend rückte er seine elegante Uniform zurecht und schnallte sich das Halfter mit der Dienstpistole um. Um sechs Uhr würden seine Gäste an der Wache des Camps eintreffen. Er wollte genügend Zeit haben um den Empfang perfekt vorzubereiten.

Jim öffnete die Tür des Bereitschaftsraums. Sein Blick fiel dabei auf den Wandkalender neben der Tür. Es war der 25. Juli 1949.

Trotz der frühen Stunde herrschte bereits im gesamten Camp rege Betriebsamkeit. Überall liefen Soldaten und Techniker herum und legten letzte Hand an Schaltungen, Kameras und Messgeräte. Aus den Lautsprechern der supermodernen Funkgeräte drangen krächzende Befehle.

Selbst das brandneue Elektronengehirn, so nannten die Eierköpfe aus Los Alamos den riesigen Apparat mit seinen hunderten von Radioröhren und den Fernschreibmaschinen, hatte man bereits seit Stunden warm laufen lassen.

Jim kannte zwar nicht alle technischen Details. Doch er war stolz darauf, dass die Einrichtungen dieses Stützpunktes genau so ausgefeilt und teuer waren wie die Anlagen von Huntsville und Vandenberg zusammen.

Pünktlich um sechs Uhr trafen seine in der Kälte zitternden Gäste ein. Jim geleitete sie zum Beobachtungsbunker, wo sie erst einmal mit heißem Kaffee und Donuts versorgt wurden. Hier in der Wüste von New Mexico waren die Nächte selbst im Sommer kalt und frostig. Doch dieses Experiment konnte man aus begreiflichen Gründen nicht in einer Stadt durchführen.

» Wir befinden uns ungefähr acht Meilen vom Testpunkt entfernt. «

Jim zeigte auf die Landkarte an der Wand.

» Sie können den Turm am Point Zero mit den Scherenfernrohren dort beobachten. Die Optik wird kurz vor dem Start automatisch abgeblendet um Ihre Augen zu schützen. Das Licht ist nämlich ziemlich grell. «

Dann deutete er auf einen großen Lautsprecher.

» Hiermit stehen wir in permanenter Verbindung zum Kontrollzentrum und den anderen Beobachtungsposten. «

Mit Stolz in der Stimme fügte er hinzu.

» Wir verwenden dazu natürlich nur besonders störsichere Funkgeräte der allerneuesten Generation! «

» Sie erhalten nach dem Experiment selbstverständlich Bildmaterial von den Aufnahmen unserer Spezialkameras. Die technischen Details entnehmen Sie bitte diesen Informationsbroschüren. «

Aus dem Lautsprecher krächzte die Stimme des Kontrollzentrums.

» Achtung! Wir beginnen genau in einer Minute! «

Auf der elektronischen Uhr sprangen orange glimmende Ziffern auf die Zahl 60.

Der Countdown hatte begonnen.

Aufgeregt liefen Jims Gäste zu den Fernrohren. Auch Jim blickte durch sein eigenes hindurch. Undeutlich sah er in der Dämmerung den Turm dem die ganze Aufmerksamkeit galt.

Die Stimme aus dem Lautsprecher zählte die letzten Sekunden. Gleich war es soweit!

Plötzlich wurde die monotone Stimme aus dem Lautsprecher durch laute Rufe übertönt.

» Dort, seht ihr es auch? Direkt neben dem Turm! Am Point Zero! «

Jim spähte durch sein Teleskop. Auch er glaubte nun neben dem Gerüst eine Bewegung zu sehen. Die Luft schien zu leuchten und zu flimmern und heraus schälten sich die Umrisse einer zylindrischen Form.

» Himmel, was ist das? «

Jim starrte auf einen metallisch glänzenden Zylinder, der

nun deutlich sichtbar knapp fünfzig Yard vom Turm entfernt auf der Erde stand.

Die Stimme aus dem Lautsprecher hatte währenddessen unbeirrt weiter gezählt.

» Fünf, vier, drei, zwei, eins, null! «.

Mit lauten Klack schoben sich die automatischen Blenden vor Jims Fernrohr.

Vom Turm her flammte ein greller Blitz auf. Für den Bruchteil einer Sekunde beleuchtete er den geheimnisvollen Zylinder, der glitzerte und funkelte wie poliertes Metall.

Dann breitete sich ungeheure Glut aus und verschlang alles in einer pilzförmig aufschießenden grell strahlenden Wolke.

- - -

Das Gefühl der Schwerelosigkeit endete abrupt. Ein harter Ruck warf Billy und Charles aus ihren Sitzen. Das Rauschen und Summen erstarb und machte völliger Stille Platz.

» Yippie! Wir sind angekommen! « jubelte Billy.

Draußen war Nacht. Undeutlich sah Charles durch das Bullauge eine Art Gerüst in den Nachthimmel aufragen. Er lachte laut.

Reichtum, unendlicher Reichtum und absolute Macht harrten seiner!

Dann besann er sich auf seine Pflichten als Anführer und befahl:

» Billy, du überprüfst sofort die Umgebung mit dem Scanner! Ich will wissen wo wir sind, was da draußen los ist und ob uns einer gesehen hat! «

» Ich will schließlich keine unangenehme Überraschung erleben! «

Billy schaltete gehorsam den Scanner ein und suchte damit die Umgebung nach Funksignalen ab. Plötzlich stutzte er.

» Der Scanner zeigt etwas an. Seltsam! Es sind uralte Funkgeräte. Vielleicht ist es die Polizei! «

Er lauschte gebannt in den Hörer.

» Moment, ich kann jetzt etwas verstehen. Da läuft irgendeine Sendung! «

Dann drehte er sich wieder zu Charles um und fragte laut:

» Charly, was zur Hölle ist ein Point Zero? «

Neulich auf der Venus

Die Sonne war gerade aufgegangen. Jaar blickte zum Himmel empor. Er spürte, dass es wieder an der Zeit war, mit den Jungs zum Essen zu gehen.

Jaars Freunde waren sofort Feuer und Flamme als er ihnen von dem appetitlichen Happen erzählte, der bald hier eintreffen würde. Es gab schließlich nicht alle Tage ein Festmahl. Jeder wusste, dass Jaar solche Ereignisse sehr genau vorhersagen konnte und deshalb waren alle guter Dinge.

Sie zogen sofort los, denn sie mussten unbedingt zusammenbleiben, obwohl der Weg zum Essensplatz weit und beschwerlich war.

Jaar konnte nämlich alleine überhaupt nichts ausrichten. Er fühlte zwar, wenn etwas Essbares in ihre Nähe kam. Doch um das gute Stück dann auch vom Himmel herunter zu holen mussten sie alle zusammen hart arbeiten.

Jeder von Ihnen konnte Gegenstände festhalten und sie, ohne sie zu berühren, um sie herum schieben, wenn sie es nur richtig wollten. Die Dinge mussten nur nahe genug und durften nicht allzu groß sein, dann war das überhaupt kein Problem.

Das Essen von dem Jaar berichtete war jedoch ziemlich weit entfernt, riesengroß und zu allem Überfluss bewegte es sich auch noch sehr schnell. Ein Einzelner konnte es deshalb nicht alleine vom Himmel holen. Sogar als Team würden sie sich gehörig anstrengen müssen, um dem Ding den nötigen Schubs zu verpassen, damit es auch wirklich an der richtigen Stelle auf den Boden fiel.

War das Essen erst einmal auf dem Weg nach unten, dann brauchten sie nur noch abzuwarten, bis es vor ihnen in den Sand plumpste. Das wussten sie aus Erfahrung.

» Mhhm! « dachte Jaar in Erwartung der Köstlichkeiten, die da kommen sollten.

\- - -

Das Unternehmen hatte bislang mehr als sechshundert Millionen Dollar verschlungen und dauerte nun schon über zwei Jahre.

Für seine Befürworter war der Aufwand akzeptabel und durch das höhere Ziel gerechtfertigt. Es ging schließlich darum, auf der Venus nach Leben zu suchen.

Das allerdings erschien den bodenständigeren, sparsameren Zeitgenossen suspekt. Sie argumentierten vehement gegen die ihrer Meinung nach eklatante Verschwendung von Steuergeldern. Der Streit zwischen den Fraktionen wogte einige Zeit hin und her.

Den Ausschlag gaben letztendlich weder die Wissenschaftler noch die Kaufleute sondern Mitarbeiter einer vom Präsidenten beauftragten Public Relations-Agentur.

Eine Sonde zur Venus zu schicken um dort nach Leben zu suchen, so argumentierten sie, hatte trotz leerer Kassen etwas Exotisches und Prickelndes an sich. Und genau das würde die Leute wirksam von den anstehenden irdischen

Problemen ablenken.

Wenn man es geschickt verkaufte, dann gab es einen kräftigen Publicity-Schub, gleichgültig, wie das eigentliche Vorhaben dann auch immer ausgehen mochte. Das hatte die siebenundneunziger Marsexpedition eindrucksvoll gezeigt. Das notwendige Geld ließe sich schon irgendwie beschaffen.

Daher hatte das Büro des Präsidenten die Erforschung der Venus zum Objekt nationalen Interesses erhoben und das Projekt nahm seinen Lauf.

An einem strahlenden Frühlingsmorgen hob die Trägerrakete von Launch Pad 15 auf Cape Canaveral ab und strebte nach einem Bilderbuchstart dem Planeten Venus entgegen.

\- - -

An der Spitze der Uranus-Rakete steckte das Landemodul ADAM unter seiner Schutzkappe.

Diese sollte nach dem Einschwenken in den Orbit um die Venus abgesprengt werden, um ADAM und seine Nutzlast für den Abstieg durch die dichte, heiße Atmosphäre des zweiten Planeten freizugeben. Lenkbare, vom Bordcomputer gesteuerte Fallschirme sollten für den richtigen Kurs sorgen.

Die Landezone war auf Basis von Radarbildern festgelegt worden, da wegen der undurchsichtigen Atmosphäre kein Photomaterial zur Verfügung stand. ADAMs Bordcomputer war darauf programmiert innerhalb des Landegebietes dann selbstständig eine geeignete flache Bodensenke zu finden und diese mit Hilfe der Lenkfallschirme anzusteuern.

Die wichtigste Aufgabe von ADAM bestand nämlich darin, den kleinen SAM wohlbehalten zur Oberfläche hinunter zu bringen. SAM war der Spitzname für das »Surface Activity Module«, einem kleinen Fahrzeug, das wie ein Miniaturpanzer auf seinen Gleisketten herumkriechen und die Umgebung der Landestelle erkunden sollte.

Mit Hilfe seines Bohrers konnte er Gesteinsproben aufnehmen und diese gleich vor Ort mit seinem eingebauten Labor auf organische Substanzen untersuchen. Die Wissenschaftler waren ganz besonders scharf darauf Kohlenwasserstoffe oder gar Aminosäuren zu finden, denn dies würde auf etwaige Lebensformen hindeuten.

Die Controller im Raumfahrtzentrum in Houston waren guter Dinge, denn bisher funktionierte alles planmäßig. Die Flugkapsel öffnete sich innerhalb der oberen Schichten der Venusatmosphäre und die Sprengbolzen gaben das Landemodul frei.

Den Planungen zufolge sollte das Modul eigentlich in der Nähe des Äquators niedergehen. Doch während der letzten Umkreisung driftete es ziemlich weit nach Norden ab.

Die Wissenschaftler und Techniker machten Stürme in der trüben, heißen Atmosphäre und Anomalien im Magnetfeld des Planeten für die Kursabweichung verantwortlich.

Da diese aber noch innerhalb der Missionsparameter lag, war im Kontrollzentrum niemand richtig besorgt. Die Techniker sparten sich ihre Sorgen für die wirklich kritische Phase der Mission auf, für die Landung.

Das Wort »Landung« umschrieb den Sachverhalt nämlich nicht ganz korrekt. Unter den herrschenden Schwerkraftverhältnissen und den Atmosphärenbedingungen konnten die Fallschirme das Modul nämlich nur ungenügend bremsen. ADAM würde nicht sanft wie eine Feder schweben, sondern eher wie ein Stein zu Boden fallen. Ausgeklügelte Stoßdämpfer und Schaumkissen sollten den Aufprall dämpfen und damit ADAM und den kleinen SAM vor Schäden zu schützen.

Trotzdem wartete die Besatzung des Kontrollzentrums ein wenig Bange auf den Aufprall. Sie brauchten ein ebenes Landegebiet. Den Sturz auf einen Felsen hätten Fahrzeug und Ausrüstung trotz seiner ausgeklügelten Technik nicht überstanden. Mehr als hoffen konnten sie aber nicht. Da die Funksignale fast drei Minuten brauchten um die Kluft zwischen den Planeten zu überbrücken, konnte man von der Erde aus nicht eingreifen.

Doch alles ging gut. Der Bordcomputer meldete den Aufschlag auf flachem Boden. Die Sprengladungen zündeten einwandfrei und rissen die Kunststoffschale mit den Schaumkissen wie eine reife Kastanie auf. Der Weg für SAM war frei.

Die Landung der Sonde endete auf der Venus in einer riesigen grauweißen Wolke aus Staub und drei Minuten später brandete auf der Erde der Applaus durch das Kontrollzentrum.

\- - -

Jaar war mit sich zufrieden. Seine Freunde hatten sich zwar tüchtig anstrengen müssen, doch der Erfolg gab ihnen Recht. Das Ding war wie erwartet direkt vor ihren Füßen aufgeschlagen.

Es sah wirklich interessant aus, viel lockerer und leichter als die Feuerkugeln, die dann und wann vom Himmel fielen, jedoch bei näherem Hinsehen nur langweiliges und fade schmeckendes Nickeleisen enthielten.

Das Objekt vor ihnen war da anders. Äußerlich erschien es bauschig und ekelig weich. Überdies stank es furchtbar. Doch unter dieser unappetitlichen Hülle schimmerte es viel versprechend metallisch hervor.

» Mhhm! « murmelte Jaar.

Es war schon lange her, dass er etwas Ähnliches zu Gesicht bekommen hatte. Damals war es ihnen gelungen eine fliegende Metallscheibe vom Himmel zu holen. Jaar und seine Freunde hatten lange daran ihre Freude gehabt.

Wie damals standen sie erschöpft aber glücklich am Seeufer und beobachteten das Ding, das gerade auf ihren Befehl in den See geplumpst war. Nun mussten sie abwarten.

Aus Erfahrung wussten sie, dass sich solche Dinger nach einer Weile von selbst wieder zu bewegen begannen. Die, die von selbst krabbelten waren immer die Besten. Zwar musste man manchmal ein wenig nachhelfen, aber das war schon in Ordnung.

» Mhhm! « murmelte Jaar noch einmal.

\- - -

Nur langsam legte sich der Jubel im Kontrollzentrum. Alle Checks ergaben nämlich, dass ADAM, SAM und mit ihnen all die empfindlichen Kameras, Sensoren und Analysatoren wohlauf waren und nur auf den Marschbefehl warteten.

In einem feierlichen Akt drückte der Zweite Untersekretär des Wissenschaftsministeriums den entsprechenden Knopf. Ihm wurde die große Ehre zuteil, da weder der Präsident noch seine engsten Mitarbeiter anwesend waren. Die Gurus aus der PR-Mannschaft hatten zur Zurückhaltung geraten, damit keine wichtige Persönlichkeit mit einem etwaigen frühen Fehlschlag in Verbindung gebracht werden konnte.

Sekunden später verließen die Funksignale die Antennenfelder in Huntsville. Drei Minuten später kamen sie schließlich auf der Venusoberfläche an. 54 Millionen Kilometer von der Erde entfernt erwachten Motoren zu mechanischem Leben.

Zuerst fuhren die beiden zylindrischen Träger mit den stereoskopischen Kameras aus dem Oberteil des Landemoduls heraus und begannen zu rotieren um damit die Umgebung abzutasten. Die ersten Bilder waren für die Operateure im Kontrollzentrum allerdings ziemlich frustrierend. Alles was sie sahen waren schwarze Schemen auf schwarzem Hintergrund. Erst nach mehreren Umläufen der Kameras erschienen hier und da helle Streifen am oberen Bildrand.

Wie durch einen Sehschlitz blickten Wissenschaftler und Techniker auf eine eintönig farblose Landschaft unter steingrauen Himmel. Nun wurde ihnen klar was passiert war: Das Landemodul stak wie ein Frosch in einem flachen

Teich. Nur die Kameraträger lugten wie Stielaugen aus der Oberfläche heraus. In diesem Fall war der Teich allerdings nicht mit Wasser gefüllt sondern enthielt nichts weiter als feinen, grauen Staub.

Der Projektverantwortliche, dem nach der geglückten Landung zunächst ein schwerer Stein vom Herzen gefallen war begann wieder nervös an seinen Fingernägeln zu kauen. Würde sich SAM unter all dem Staub überhaupt aus dem Landemodul herausarbeiten können? Nicht wenige der anwesenden Techniker kreuzten insgeheim die Finger oder drückten, je nach nationaler Zugehörigkeit, ihre Daumen.

Doch sie hatten Glück! Nach Stunden zähen Ringens konnte sich SAM mit Hilfe seiner Gleisketten endlich aus seinem staubigen Gefängnis befreien. Der Jubel im Kontrollzentrum kannte keine Grenzen als SAM mit einer langen Staubfahne im Schlepptau schließlich über die Oberfläche des Kalksees schlingerte.

Währenddessen waren die Analysatoren im Landemodul fleißig gewesen. Sie hatten den umgebenden Stoff untersucht und das Ergebnis zur Erde gefunkt. Die Wissenschaftler fanden das Ergebnis in höchstem Maße unbefriedigend. Nicht die geringste Spur von Leben war zu finden, keine Makromoleküle, nicht einmal die armseligste organische Kohlenstoffverbindung.

Nur Siliziumdioxid und Kalziumkarbonat. Sand und Kalk. Nichts als staubiger grauer Kalk so weit das Auge, beziehungsweise das Objektiv der Kamera reichte.

Das war nicht eben weit, denn die Luft war immer noch von all dem aufgewirbelten Staub getrübt. Die Bilder zeigten nur den staubigen Boden, dessen grauer Farbton gut mit dem schmutzigen Ton des trüben Himmels harmonierte.

Der Flugleiter seufzte. » Alles grau in grau! Kein Wunder, dass hier niemand lebt. Wer hier einmal wohnte ist bestimmt schwermütig geworden und hat sich erschossen! « Seine Kollegen nickten zustimmend.

Der Rand des Kalksees, wie er im Kontrollzentrum genannt wurde, stieg nach außen hin leicht an. Während SAM sich durch den Staub wühlte, hatte der Kamera-Operator die Umgebung mit dem Zoomobjektiv abgesucht. Es schien, als sei der See durch eine Art von Ringwall aus aufgehäuftem Kalk umgeben.

Dieser Wall bestand - wie könnte es anders sein - natürlich aus dem Staub, der durch das Eintauchen des Landemoduls verdrängt worden war. Das Bild erinnerte in einem See aus Milch, in den jemand einen Stein hineingeworfen und das Ganze dann schockgefroren hatte.

Das Terrain schränkte die Sicht des optischen Scanners im Landemodul auf das Ärgerlichste ein.

Ärgerlich vor allem deshalb, weil der Operator glaubte, so etwas wie dunkle Schatten am Rande des grauen Einerleis gesehen zu haben. Es sah so aus, als lägen hinter dem Staubwall ein paar schwarze Felsblöcke herum.

Trotz ihrer Ungeduld musste die Besatzung des Kontrollraumes warten, bis das kleine Raupenfahrzeug den Ringwall erklommen hatte. SAMs Kameraaugen würden gleich bessere Bilder liefern.

- - -

Jaar und seine Freunde brauchten nicht lange zu warten. Es rührte sich etwas vor ihnen im See.

Ein kleines, platt gedrücktes Etwas wühlte sich durch den Staub. Jaar und seine Gruppe hatten so etwas nie zuvor gesehen. Das Ding war flink und sauste einmal hierhin und einmal dorthin, so, als wüsste es nicht genau, was es eigentlich wollte.

Jaar erinnerte es an den Inhalt der fliegenden Scheibe, die sie vor langer Zeit eingefangen hatten.

Die Scheibe selbst hatte allen echt gut geschmeckt. Viele leckere und gesunde Metalle waren darin gewesen.

Als Zugabe hatten sie im Innern der Scheibe ein gut verpacktes, interessant aussehendes Wesen mit langen, stangenförmigen Auswüchsen gefunden. Es hatte sich aber zur Enttäuschung aller als vollkommen ungenießbar herausgestellt.

Zuerst hatte es lange herumgezappelt, bis es Jaar endlich gelungen war die Verpackung zu öffnen. Enttäuschenderweise kam aber nur stinkendes Gas heraus. Das Ding hatte dann aber wenigstens aufgehört sich zu wehren. Doch selbst ausgepackt war es zum Verzehr nicht geeignet gewesen.

Das lag nicht nur an seiner scheußlich grünen Farbe, auch der Kohlenstoffgeschmack war zu ekelig.

Selbst Tulb hatte es verschmäht, der doch sonst für seine Gefräßigkeit bekannt war.

Die Überreste des Wesens waren irgendwo liegen geblieben und inzwischen verrottet.

Das flache, flinke Ding im See hingegen sah viel attraktiver aus. Es setzte sich, wie Jaar befriedigt feststellte, aus verschiedenen, appetitlichen Metallen zusammen. Als Zugabe war sein Oberteil mit kleinen, bläulich schimmernden Täfelchen aus wohlschmeckenden Siliziumverbindungen verziert.

Ein richtiger Glücksfall, das fanden alle seine Freunde. Das Ding war noch ein wenig nervös, aber das würde sich mit der Zeit schon geben.

Nach einer Weile gab es sein zielloses Umhersausen auf und stand für einen Moment still. Das gab Jaar Gelegenheit es eingehend zu betrachten. Trotz seines appetitlichen Äußeren, sein Verhalten war höchst merkwürdig.

Vielleicht, so dachte Jaar, hatte es den Aufprall doch nicht unbeschadet überstanden. Vielleicht war es wahnsinnig geworden oder gar dabei gerade zu verenden.

Noch während Jaar überlegte, ob vielleicht eine Notschlachtung in Betracht kam begann sich das Ding wieder zu bewegen. Diesmal rollte es zielstrebig auf Jaar zu und hielt direkt vor ihm an.

Auf einmal fuhr das verflixte Ding einen langen Stachel aus und stach Jaar direkt in seinen Fuß.

Für einen Augenblick war er vor Schreck und Entsetzen wie

gelähmt. Dann durchzuckte ihn ein gemeiner Schmerz. Ohne richtig nachzudenken ließ er sich nach vorne kippen und begrub den Quälgeist unter sich.

- - -

Im Kontrollzentrum herrschte inzwischen ziemliche Aufregung. Der schlüpfrige, nachgiebige Boden bot SAMs Raupenketten nur ungenügenden Halt. So dauerte es fast zwei Stunden, bis das Fahrzeug endlich den Rand des Sees erreicht hatte.

Von dort ließ SAM programmgemäß seine Kamera herumschwenken. Das Ergebnis war enttäuschend. Es gab nichts Spektakuläres zu sehen. Lediglich ein paar schwärzlichgraue Felsbrocken lagen auf der Ebene herum. Langweilige Sache, so befanden die Wissenschaftler im Kontrollzentrum.

Die graue Ebene ging fast nahtlos in den grauen Himmel über. Außer den dunklen Felsen war da rein gar nichts zu sehen. Der Projektleiter gähnte verstohlen.

Auf einmal glaubte der Video-Operator eine Bewegung gesehen zu haben. Und tatsächlich. Am dritten Felsen, von links an gezählt wehte eine kleine, unscheinbare Staubfahne. Wahrscheinlich war es nur der Wind, aber immerhin endlich etwas Neues in dieser tristen grauen Landschaft. Mit fliegenden Fingern programmierte der Operator den Kurs, der SAM zu den Felsen führen sollte.

Drei Minuten später startete SAM und schlitterte und schlingerte auf den schwarzen Block zu. Als das Raupenfahrzeug an seinem Ziel ankam, war jedoch nichts Besonderes zu sehen.

Die Techniker fluchten leise über die Verzögerung durch die langsamen Funksignale. Wenn etwas passierte, konnten die Techniker das erst drei Minuten später erkennen, denn so lange brauchte das Signal wieder zurück zur Erde.

SAM umfuhr den Felsblock, danach hielt er an. Der Block war der höchste Brocken der Gruppe, fast einen Meter hoch und schimmerte tiefschwarz metallisch, als wäre er aus dunklem Granit gemeißelt.

Jetzt war Zeit, den Chemikern Arbeit zu geben. SAM war für diesen Fall wohl gerüstet. In seinem Inneren hielt er ein kleines automatisches Labor, ausgestattet mit einem Röntgenspektrometer und anderen empfindlichen Instrumenten, bereit.

Zunächst galt es, eine Probe aus dem Felsen zu entnehmen. Surrend schob SAM seinen scharfen Diamantfräser aus und begann den Felsen knapp über dem Boden anzubohren. Die Späne wurden sofort eingesaugt und in Sams Eingeweiden analysiert.

Die Analyse dauerte nicht lange. Die Proben zeigten keinerlei organische Verbindungen an. Lediglich uninteressante anorganische Silizium- und Metallverbindungen. Kein Leben also.

Mitten in die Diskussion hinein platzte plötzlich ein Schrei vom Kontrollpult des Video-Operators. Der Untergrund war offenbar locker gewesen und SAM hatte mit seinem Fräser den Brocken aus dem Gleichgewicht gebracht.

Langsam und im Zeitlupentempo stürzte er um und begrub Sam unter sich.

Ein grelles Aufblitzen war das letzte, was sie auf dem Bildschirm zu sehen bekamen. Dann setzte SAMs Telemetrie-Bake aus.

Elektronischer Exitus!

\- - -

Jaar war außer sich vor Zorn. Wütend biss er noch ein Stück von dem unverschämten Etwas ab, das ihn mit seinem Stachel so feige attackiert hatte.

Dann gab er seinen Freunden das vereinbarte Zeichen zum Angriff auf den größeren Begleiter, der noch immer mitten im See steckte.

Zwölf ärgerliche, hungrige Venusbewohner stürzten sich entschlossen auf das fremde Fahrzeug und zerdrückten und zerbissen es im Handumdrehen.

\- - -

Erfolg oder Millionenpleite?

HOUSTON, TX: (AP, UPI) In der gestrigen Nacht gab das US Raumfahrtzentrum in Houston, Texas, das unerwartete Scheitern der viel beachteten Venus-Mission bekannt.

Aus noch ungeklärter Ursache wurden wenige Stunden nach der Landung sowohl das Erkundungsfahrzeug SAM als auch das Landemodul ADAM durch einen Felssturz völlig zerstört.

Experten vermuten als Ursache Beben, hervorgerufen durch tektonische Verschiebungen im Bereich des Landegebietes, ausgelöst durch die Landung der Sonde. Das Auftreten seismischer Aktivitäten wird von den Geologen des Teams als Sensation gewertet.

Trotz der unerwartet kurzen Dauer bezeichnen die Verantwortlichen die Mission als großen Erfolg. Es wurden wichtige Erkenntnisse über die Zusammensetzung des Bodens, des Gesteins und der Atmosphäre gewonnen.

Auf Grund dieser Daten gelangten die Wissenschaftler zur Auffassung, dass es auf der Venus niemals Leben gegeben hat.

Recycling lebt vom Mitmachen

Die Meldung traf gegen ein Uhr Nachts auf der Wache ein. Ein Bürger hatte sich massiv über ruhestörenden Lärm beschwert.

Normalerweise wäre dieser Meldung keine besondere Bedeutung beigemessen worden. Schließlich kam sie vom Rande einer Gegend, die - freundlich formuliert - als sozialer Brennpunkt in der Stadt wohl bekannt war. Deshalb riss sich in der Wache auch niemand wirklich um den Job dort nach dem Rechten zu sehen.

In diesem besonderen Fall war allerdings Eile geboten. Zum einen besaß der Beschwerdeführer einen Service-Scheck für bevorzugte Polizeidienstleistungen und zum anderen trug er den Titel ‚Sen.' vor seinem Namen. Deshalb gab es keine Diskussion. Man musste der Beschwerde unverzüglich nachgehen.

Selbstverständlich bekam Hauptwachtmeister Jan Dickens wieder einmal den Auftrag. An Jan blieben immer solche unangenehmen Jobs hängen. Schließlich wohnte er in eben diesem Bezirk, er würde in Kürze sowieso seinen Job verlieren und vor allem standen vor seinem Namen nicht die drei magischen Buchstaben.

Der Diensthabende machte denn auch nicht einmal ansatzweise den Versuch seinen um viele Jahre älteren Kollegen zu motivieren. Letztendlich war es ihm gleichgültig, denn das

Revier würde über kurz oder lang sowieso geschlossen werden. Deshalb kam es einfach nicht mehr drauf an.

Seit der dritten Novelle des Gesetzes über die Privatisierung im öffentlichen Dienst schrieben die Staatsanwaltschaften alle größeren Fahndungen im Eurasischen Wirtschaftsraum öffentlich aus. Der Wettbewerb sollte die Effizienz steigern und gleichzeitig die Personalkosten bei den Ermittlern reduzieren. Dies jedenfalls erhoffte sich der Gesetzgeber.

Natürlich beteiligen sich immer wieder Reviere der alten Polizei an den Ausschreibungen, doch sie hatten kaum eine Chance wirklich lukrative Fahndungsaufträge an Land zu ziehen. Mit ihrer hoch spezialisierten und straff durchorganisierten privaten Konkurrenz konnten sie einfach nicht länger Schritt halten. So arbeitete auch dieses Revier bereits seit längerem nicht mehr kostendeckend und würde ohne erhebliche Investitionen im internationalen Wettbewerb nicht weiter bestehen können.

Jan würde also demnächst seinen Job verlieren und seine Pension als Altersabgänger würde trotz seiner langen Dienstzeit danach kaum für das Essen ausreichen.

Deshalb musste er bei einem Unternehmen der ‚Privaten Exekutive Neue Innere Sicherheit' anheuern. So nannten sich die kommerziellen Wach- und Sicherheitsdienste seit dem Fall des staatlichen Polizeimonopols landauf landab.

Ein Teil seiner Kollegen, denen der Sprung in die Privatwirtschaft nicht gelang, würden vermutlich die Seiten wechseln und ins kriminelle Milieu abtauchen, um dort ihre im Dienst erworbenen Kenntnisse und Fertigkeiten zu Geld zu machen. Der Rest, also all jene, für die sich im freien Markt weder auf der einen noch auf der anderen Seite des Gesetzes Verwendung fand, würden schlussendlich auf der Straße landen.

Jan, obgleich bereits fünfundsiebzig Jahre alt, war deshalb eigentlich noch ganz gut dran. Er war für einen Jobwechsel noch nicht zu alt, hatte sich fit gehalten und vor allem regelmäßig sein Schießtraining absolviert. Darauf achteten die Privaten nämlich sehr.

Außerdem war er für sein Alter noch immer kerngesund, und das, obwohl ihm als staatlicher Polizist nur die ärztliche Grundversorgung zustand. Seine Kollegen beneideten ihn deswegen insgeheim, denn sie kannten sein kleines Geheimnis nicht und Jan tat alles, dass dies so blieb.

Die Angelegenheit reichte schon viele Jahre zurück, als Jan und seine Kollegen einmal versucht hatten einen Drogenhändler festzunageln.

Jan litt zu diesem Zeitpunkt unter einer schweren Lungenentzündung die einfach nicht abheilen wollte. Doch in seinem Gesundheits-Scheckheft waren gerade einmal zwei Punkte übrig gewesen. Der Rest war ein halbes Jahr zuvor für die OP-Kredite zur Behandlung einer Schussverletzung draufgegangen, für die das Revier nicht hatte aufkommen können.

Die Ärzte in der Klinik waren freundlich gewesen und hatten ihm wortreich erklärt, dass eine Kur mit Aspirin und

Schlaftabletten genau das Richtige sei. Diese Substanzen waren damals nämlich gerade im Angebot gewesen. Antibiotika so erläuterten sie, durften ihm wegen seines niedrigen Punktestandes leider nicht verabreicht werden.

» Das verbietet uns Ihre Krankenkasse. Sie müssen das verstehen! Wir würden gerne, doch wir dürfen nicht! Tut uns leid! Auf Wiedersehen! Halten Sie sich munter! Ha, ha! Kleiner Scherz! Also dann, bis zum nächsten Mal! «

So hatte Jan sich durch den Einsatz geschleppt und verzweifelt versucht seinen Husten zu unterdrücken um das Team nicht zu gefährden. Auf einmal war das Chaos über ihn und seine Kollegen hereingebrochen. Der Dealer war überraschend nach Hause gekommen und hatte selbstredend sofort das Feuer auf die Beamten eröffnet.

Es gab einen wilden, wenngleich auch kurzen Schusswechsel. In dessen Verlauf war dem Drogenhändler praktisch der Kopf weggeschossen worden.

Bei der Durchsuchung der Räume hatte Jan dann in einem Schubfach das Gesundheits-Scheckheft des Dealers entdeckt. Dieses gewährte seinem Besitzer Platin-Status, also unbegrenzte Medikation. Es besaß keine biomechanischen Kontrollsysteme, weswegen sein Besitzer maschinell nicht identifiziert werden konnte. Das war vermutlich auch der Grund, weswegen sich der Gangster genau dieses Modell beschafft hatte.

In dem ganzen Durcheinander hatte niemand bemerkt, wie Jan das Scheckheft einfach eingesteckt hatte. Zwar machte er sich danach lange Zeit Vorwürfe wegen seiner Unehrlichkeit. Doch letztendlich hatte ihm das kleine Kärtchen das Leben gerettet.

Das Gesundheitskonto des Dealers war nämlich mit so viel Geld aufgeladen, dass Jan es zu seinen Lebzeiten wohl nicht würde verbrauchen können. Das Geld dazu war in der neuen Finanzmetropole Khartum gebunkert, deren Bankenfürsten sehr auf Diskretion achteten. Die Behörden Eurasiens kamen dort einfach nicht an die Konten heran.

Doch diese Details waren eigentlich unwichtig. Entscheidend war, dass das Geld des toten Drogenhändlers Jan den Zugang zu Behandlungsmethoden gewährte, von denen er in seinem Alter sonst nur hätte träumen können.

Heute, am Ende des einundzwanzigsten Jahrhunderts vollbrachte die Medizin nämlich wahre Wunder. Zumindest für all diejenigen, welche über das nötige Kleingeld verfügten.

Implantate ersetzten die wichtigsten Organe und Gliedmaßen und die großen Volksseuchen waren für alle, die sich die richtigen Impfstoffe leisten konnten, keine Bedrohung mehr.

Die meisten Menschen wurden über hundert Jahre alt, selbst die weniger gut betuchten.

Und genau da lag das Problem!

Dank der hohen Lebenserwartung war die Weltbevölkerung inzwischen auf über fünfundzwanzig Milliarden Seelen angewachsen. Gleichzeitig aber gingen die Ressourcen der Erde langsam aber sicher zur Neige. Dies war nun wahrlich keine Neuigkeit, doch inzwischen traten die Probleme offen zu Tage.

Gleichzeitig stand dem jungen, arbeitsfähigen Teil der Bevölkerung ein Milliardenheer an Älteren gegenüber, die nicht mehr arbeiten konnten oder wollten und mit den Jüngeren um Wohnraum und Essen konkurrierten.

Die Situation hatte sich nach der blutigen Besetzung Europas durch die Vereinten Asiatischen Staaten, dem vierundzwanzigsten Golfkrieg und den Indisch-Australischen Seegefechten zusätzlich verschärft.

In diesen Kriegen waren nämlich nicht nur ferngelenkte Panzer, unbemannte Flugzeuge und automatische Kampfschiffe zerstört worden, sondern es hatten auch Millionen junger Soldaten ihr Leben verloren. Die Alten hingegen blieben weitgehend verschont und das verdarb den Demographen ihre Statistik.

Behördenvertreter, Fachleute und Spezialisten berieten deshalb hinter verschlossenen Türen über die entscheidende Frage, was man mit den Heerscharen der Alten und Gebrechlichen letztendlich anfangen sollte.

Als Antwort hatte sich das Neue Eurasische Parlament in seinen » Richtlinien zur aktiven Demographischen Optimierung « engagierte Ziele zur Linearisierung der Alterskurve gesteckt und die darin beschriebenen Maßnahmen sogleich in geltendes Recht umgesetzt.

Als erstes wurden die öffentlichen Gesundheitsausgaben auf den Personenkreis konzentriert, für die der Staat Verwendung hatte, also auf die Gruppe der »Produktiven«. Bei den anderen kam es eben auf die individuellen Vermögensverhältnisse an.

Dieses Konzept war nicht wirklich neu. Bereits zu Beginn des einundzwanzigsten Jahrhunderts vertrat der eine oder andere Politiker die Auffassung, dass der Beitrag zur Gesundheitsvorsorge schließlich nicht die Aufgabe der Allgemeinheit war, sondern der individuellen Entscheidung jedes Einzelnen oblag.

Wer wollte, der konnte sich seine Gesundheit also etwas kosten lassen. Gerade so wie der Rauschgifthändler, dessen Scheckheft Jans Leben gerettet hatte.

Doch in der täglichen Praxis trug diese Form zielgruppenoptimierter Gesundheitspolitik nur wenig dazu bei, das demographische Ungleichgewicht zu reduzieren. Wie üblich, brachten erst private Initiativen Bewegung in die festgefahrene Situation und der Gesetzgeber beeilte sich, den notwendigen rechtlichen Rahmen zu schaffen.

Dies funktionierte ungefähr so:

Früher einmal waren gegen all diejenigen die mit Rauschgift handelten und dabei erwischt wurden drakonische Strafen verhängt worden. Auch Drogenkonsumenten waren dabei nicht straffrei davongekommen. Gegen diese Praxis hatten selbst radikale Menschenrechtler im Allgemeinen nur wenig einzuwenden gehabt.

Heutzutage galten all diese Regelungen zwar noch immer, jedoch insbesondere für Menschen, die jünger als siebzig

Jahre waren.

Jenseits dieser Altersschwelle hingegen erhielt man auf formlosen Antrag sämtliche Drogen staatlich subventioniert beinahe zum Nulltarif und zusätzlich unbegrenzt hochprozentige Alkoholika steuerfrei - selbstverständlich zum ausschließlichen Eigenkonsum.

Private Drogenhändler blieben unbehelligt, sofern sie nicht den unverzeihlichen Fehler machte, den Stoff einem jüngeren Mitbürger anzubieten. In diesem Fall gab es für sie selbstverständlich kein Pardon.

Doch war man ein Mitglied der richtigen Altersgruppe, so erhielt man alles was das Herz begehrt. In den einschlägigen Trendmagazinen wie etwa dem beliebten »Above 70« bewarben die einschlägigen Pharmaunternehmen ganz offen ihre biochemischen Glücksbringer.

Dort erschienen auch unterhaltsame und interessante Testberichte wie zum Beispiel

» Amphetamin und Herzschrittmacher - eine mitreißende Kombination! «

Oder auch eher praxisnahe Beiträge wie etwa

» LSD in der Infusionsflasche. Was muss ich beachten? «

Die großen Standesorganisationen der Versicherungsbranche prämierten regelmäßig die besten der einschlägigen Bastelanleitungen. Der Renner im letzten Jahr war beispielsweise

» Vergesst Opium in der Wasserpfeife! Selbst gemacht: Ein

Crack-Bong für kleines Geld! «

Die neue Freiheit wurde erwartungsgemäß auf breiter Front angenommen und das Wort »Siebziger-Fest« wurde zum Synonym für Orgie, Ausschweifung und Lifestyle Pur.

Als lizenzierter Konsument der entsprechenden Altersgruppe musste man sich lediglich dazu verpflichten, unwiderruflich auf jedwede medizinische Behandlung drogenbedingter Wehwehchen zu verzichten. Schon konnte man loslegen!

Doch selbst dieser gesetzlich unterstützte altersbedingte Anstieg der Drogentoten reichte nicht annährend aus um die Überalterung der Gesellschaft wirksam zu bekämpfen. Vor allem Versicherungsunternehmen klagten über das zunehmende Ungleichgewicht zwischen zahlenden Produktiven und altersbedingten Zahlungsempfängern.

In den Chefetagen begann man nach Abhilfe zu sinnen und wirkte auf den Gesetzgeber ein, neuartige, kreative Geschäftszweige zuzulassen, nämlich die der » Aktiven Demographischen Kontrolle «.

Die Geschäftsidee der weltweit operierenden Unternehmen wie beispielsweise » Eutanasia « und » Organisation Würdevoller Abschied « war wie bei allen guten Konzepten ganz einfach:

» Du bist alt? Du bist müde? Wir sorgen für dein Dahinscheiden. Sicher, sauber, umweltfreundlich und garantiert schmerzfrei! «

Das Angebot wurde nach anfänglichem Zögern in der Bevölkerung recht gut angenommen.

Selbstverständlich liefen zunächst allerlei Menschenrechtsorganisationen, Kirchen und Glaubensgemeinschaften gegen diese Art finaler Dienstleistung Sturm.

Zumindest zu Beginn der Kampagne!

Da gleichzeitig auch die Sicherheitsgesetze verschärft wurden, konnte es schließlich kaum mehr jemand wagen, sich gegen diese gesellschaftspolitisch ach so notwendigen Reformen aufzulehnen.

Mit der Zeit erstarben die Proteste zusammen mit den Kritikern. Die Katholische Kirche beispielsweise entging dem Verbot als verfassungsfeindliche Organisation in letzter Sekunde nur durch das Einlenken des Heiligen Stuhls.

Inzwischen boomte dieser Wirtschaftszweig wie kaum ein anderer und als positiver Nebeneffekt sank die Suizidrate unter den älteren Mitbürgern praktisch auf null. Vor allem Anwohner neben viel befahrenen Schnellbahnstrecken nahmen diese Entwicklung mit Erleichterung zur Kenntnis.

Gleichzeitig begann sich, wie überall wo die Nachfrage das Angebot bestimmt, ein lukrativer Geschäftszweig aufzubauen.

Selbst engagierte Freiberufler konnten ihre spezifischen Kenntnisse und Fertigkeiten gewinnbringend und weitgehend risikofrei in die » Aktive Demographische Kontrolle « einbringen. Doch erwartungsgemäß wurden erfahrene und alteingesessene Organisationen wie etwa die Camorra, die Mafia, die Yakuza und die Triaden auf diesem Gebiet rasch zu den Marktführern.

Der junge aufstrebende Dienstleistungsbereich wurde durch eine sorgsam ausgestaltete Gesetzgebung unter dem Stichwort » Flexible Strafwürdigkeit « unterstützt.

Die Idee dahinter war eigentlich ganz simpel.

Kam beispielsweise ein Dreißigjähriger bei einem Überfall ums Leben oder wurde man mit Fünfzig Opfer eines Raubmordes, so musste der Täter wenn er denn gefasst wurde mit den schwersten Strafen rechnen.

Hatte das Opfer aber - sagen wir einmal - das siebzigste Lebensjahr überschritten, so wurde das Delikt als Vergehen in der Justiziarstufe D behandelt. In diese Kategorie fielen unter anderem schwerer Ladendiebstahl und Sachbeschädigung. Hin und wieder einmal einen Opa wegzuputzen war zwar nicht wirklich legal, wurde aber auch nicht besonders energisch verfolgt, so lange es nicht zu oft passierte.

Allerdings gab es einen Sonderfall, und den mussten sowohl die einschlägigen Dienstleistungsbetriebe als auch deren Auftraggeber peinlich genau beachten!

Die Zielperson durfte auf keinen Fall ein registrierter Senior sein, denn diese standen unter besonderem Schutz des Staates.

Es gab schließlich Personen, die in ihrer produktiven Zeit eine besondere Lebensleistung vollbracht hatten, beispielsweise Politiker, Sportler besonders erfolgreiche Geschäftsleute nebst ihren nächsten Angehörigen.

Personen dieses Kreises konnte der offizielle Senioren-Status verliehen werden, erkennbar an dem »*Sen.* « vor ihrem Namen.

Das Prädikat wurde zur begehrtesten Auszeichnungen unter den älteren Mitbürgern, denn es garantierte dem Träger lebenswichtige Privilegien, beispielsweise den unbegrenzten Zugang zur medizinischen Versorgung, Service-Schecks für die Exekutive, besseren Wohnraum und natürlich Lebensmittel satt.

Vor allem Service-Schecks der Exekutive erfreuten sich in Seniorenkreisen großer Beliebtheit. Zum einen leisteten sie bei allfälligen Konflikten in der Nachbarschaft gute Dienste. Sie halfen dem lizenzierten Senior aber auch sich Neider und anderer Kleingeister zu erwehren. Bekanntermaßen machte ein hohes Alter vor allem dann besonderen Spaß, wenn es nicht jedermann erreichte.

Selbstverständlich gab es für die Verleihung des begehrten Senioren-Titels ein strenges Reglement. Höchstens null Komma null null drei Promille der Bevölkerung eines jeden Mitgliedslandes der Eurasischen Union durfte den Status »Senior« erhalten. Alles andere hätte die demographische Kurve zu sehr belastet.

Selbstverständlich mussten die Kandidaten auch strenge Auflagen erfüllen. Das wichtigste Kriterium war dabei die finanzielle Unabhängigkeit. Schließlich sollte der zukünftige Senior seiner gesellschaftlichen Stellung in jeder Weise gerecht werden können.

Eine spezielle Kommission auf Ebene der Mitgliedsstaaten

der Eurasischen Union entschied in geheimer Sitzung persönlich über jede einzelne Ernennung. Der Senioren-Status konnte auch nicht verkauft werden und war daher viel begehrter als beispielsweise ein Doktortitel.

Bisher war es nur einem einzigen Bürger gelungen, den Senioren-Status vor einem privaten Schiedsgericht einzuklagen. Dies war in sich ein unerhörter Vorgang. Der Kläger, ein steinreicher Transplantationsunternehmer, hatte es nämlich gleichzeitig durchgesetzt, dass sein Titel automatisch auf seinen Sohn übergehen und damit erblich werden würde.

Die wahren Hintergründe des Entscheidungsprozesses waren nie ans Tageslicht gekommen.

Man munkelte aber, dass für alle an diesem bahnbrechenden Schiedsspruch beteiligten Parteien runderneuerte Herzen, Augen, Keimdrüsen und sonstige schwer beschaffbare Körperteile herausgesprungen waren.

Vielleicht waren dies aber auch nur Gerüchte neidischer Zeitgenossen.

Traurigerweise hatte sich der solchermaßen titelbeerbte Neu-Senior kurz nach der Verleihung sturzbetrunken bei einem Unfall mit seinem Geländewagen sein Hirn aus dem Kopf herauskatapultiert.

Damit war die Sache wieder vom Tisch, sehr zur Erleichterung der Kommissionsmitglieder. Sie konnten nun wieder selbst entscheiden wer in diesen erlauchten Kreis aufgenommen werden würde und durften sich trotz alledem weiterhin ihrer erneuerten Organe erfreuen.

Jan Dickens seufzte.

Weder er, noch all die anderen Bewohner des ‚kritischen Bezirks' würden je über solche Vorrechte verfügen. Doch dank seines kleinen Geheimnisses war er wenigstens gegen medizinische Fährnisse des Lebens geschützt. Außerdem war er als Mitglied der Exekutive berechtigt Waffen zu tragen und war ausgebildet, sie im Ernstfall auch zu benutzen.

In der Gegend die er heute Nacht von Amts wegen besuchen musste war letztere Fertigkeit auch bitter nötig.

Wenn des Nachts dort jemand um Hilfe schrie oder nach der Polizei rief, so regte das, wie der Volksmund sagte, keinen toten Hund auf.

Entweder randalierte irgendeine Oma im Drogenrausch, was nun nicht wirklich beunruhigend war. Oder das Opfer eines Raubüberfalls machte Spektakel, was aber im Regelfall nur den Täter störte.

Wie dem auch sei!

In diesem speziellen Fall hatte sich ein privilegierter Senior beschwert und deshalb musste Jan wohl oder übel nach dem Rechten sehen.

Senior Dick van Reiken bewohnte ein mehr als hundertfünfzig Jahre altes Vorstadthaus. Der Garten musste früher einmal sehr schön gewesen sein. Man sah deutlich die Reste vertrockneter alter Bäume und verwilderte Rabatten.

Heute wuchsen hier schon lange keine Blumen mehr. Im

Freien hielten nur Moose und Brennnesseln dem ständigen schwefligen Dunst aus den benachbarten Chemiefabriken stand.

Zu allem Überfluss grenzte van Reikens Grundstück auch noch an die zwanzig Meter hohe Schutzmauer, die die Wohnsiedlung Nummer Vierundzwanzig umgab.

Für diese Mauer gab es einen guten Grund. Schließlich war Siedlung 24 einer der sozialen Brennpunkte in der Stadt.

Immer wenn dort Krawalle aufflammten, dann schloss die Armee einfach die Tore und drehte Wasser und Strom ab, bis sich die Lage innerhalb der Einfriedung von selbst wieder beruhigt hatte.

Die Neuen Eurasischen Sicherheitsgesetze erlaubten derartig drastische Maßnahmen und Jan war überaus glücklich, dass er dank seines Polizeiausweises die Tore jederzeit ungehindert passieren durfte.

Die Wohnsiedlung selbst bestand aus vier Doppelreihen sehr funktionaler Plattenbauten die wiederum im Karree um einen zentralen Platz angeordnet waren. Dort hausten all diejenigen, die sich sonst keine Bleibe leisten konnten, in Behelfscontainern und nachts ging es hier oft richtig rund.

Doch vom Haus des Beschwerdeführers aus gesehen lag die Wohnsiedlung hinter der hohen Mauer. Demnach konnte alles was den Mijnheer in seiner Nachtruhe gestört haben mochte sich eigentlich nur außerhalb, also auf dieser Seite des Schutzwalls, abgespielt haben.

Van Reikens Haus war eine richtiggehende Festung, dachte

Jan schmunzelnd. So alt es auch war, in puncto Sicherheit hatte sein Bewohner an nichts gespart.

Der Elektrozaun war ja noch richtiggehend unauffällig. Nur einem geübten Beobachter fielen die Isolatoren und die dünnen Drähte auf.

Hier und da lag darunter der Kadaver einer verbrannten Ratte die das Pech gehabt hatte der leise summenden Einfriedung zu nahe zu kommen.

Die Rohre der automatischen Schussmaschinen mit ihren Laservisieren jedoch, die an allen vier Hausecken unter dem Dach hervorragten stachen jedermann sofort ins Auge.

Jan näherte sich entsprechend vorsichtig. Computersteuerung hin oder her!

Er erinnerte sich an mindestens fünf Fälle alleine in diesem Jahr, in denen das häusliche Sicherheitssystem aufgrund einer bedauerlichen technischen Fehlfunktion seinen eigenen Besitzer unerwartet ins Jenseits befördert hatte.

Vor der Gartentür, die Jan an das Tor eines Straflagers erinnerte, zeigte er dem glasigen Kameraauge seine Legitimation und wartete geduldig auf eine Reaktion, währenddessen er das bedrohliche Summen und Knistern der elektrisch geladenen Umfriedung zu ignorieren suchte.

Jan seufzte. In diesem Teil der Stadt brauchte man vermutlich solch einen Schutz, vor allem wenn man Senior und entsprechend betucht war. Für sein eigenes Apartment in der Wohnsiedlung Vierundzwanzig hingegen reichte ein einfaches Schloss. Schließlich wusste jeder noch so unterbelichtete Einbrecher, dass es dort nichts zu holen gab.

Senior Van Reiken entpuppte sich als magenkranker Endachtziger. Er, oder besser gesagt sein holographisches Abbild, schwebte plötzlich hinter dem Zaun und funkelte Jan böse an.

» Goede avond, meneer! «

Jan entschied sich zur Höflichkeit.

Immerhin konnte Van Reiken einer der mächtigen Selbsthilfegruppen für Senioren angehören. Sich eine solch einflussreiche Organisation zum Feind zu machen, hätte lebensgefährliche Komplikationen ausgelöst.

» Sag einmal, schläft die Polizei jetzt nur noch? Was seid ihr denn nur für ein Sauhaufen? Ganze zehn Minuten braucht ihr bis endlich einer auftaucht. Was für ein Glück, dass ihr bald aufgelöst werdet! «

Jan wartete geduldig darauf, dass dem aufgebrachten Senioren-Hologramm die Luft ausgehen würde und hakte nach, als der Wortschwall mit einem Japsen endete.

» Was ist denn genau passiert? Aus welcher Richtung kam denn der Lärm? «

» Was weiß denn ich! Da rennen irgendwelche Typen herum. Einen davon hat es anscheinend erwischt. Er hat jedenfalls geschrien wie am Spieß! «

Jan war ein wenig verwirrt.

» Wer hat wen verfolgt? Und wohin? «

» Ach! Irgendwelche Sicherheitsfritzen in einem Einsatzwagen! Gleich dort, die Straße hinunter! Kümmern Sie sich endlich darum! Ich will meine Ruhe und keine Leichen vor der Haustür herumliegen haben! «

» Das kann ich mir gut vorstellen. Ich werde gleich nachsehen! «

Jan schüttelte den Kopf während er die Straße entlang trabte.

» Was für ein arrogantes Arschloch! « dachte er.

Solche Typen kannte er aus seiner täglichen Praxis zur Genüge und regte sich deshalb nicht sonderlich über das Gehabe auf.

Ein gutes Stück entfernt konnte er im Dunst des Nachtsmogs undeutlich einen Van ausmachen.

Doch Jan brauchte gar nicht so weit zu laufen. Bereits auf halber Strecke fand er Anzeichen die ihm unzweifelhaft sagten, dass hier etwas ganz und gar nicht mit rechten Dingen zuging.

Direkt unter einer der großen animierten Video-Reklametafeln lag nämlich ein blutiges Bündel.

Jan nahm seinen Vitaldetektor vom Gürtel. Doch noch bevor er den Knopf gedrückt hatte wusste er, dass er sich nicht mehr zu beeilen brauchte. Es dauerte auch nur wenige Sekunden bis die schnarrende Computerstimme verkündete.

» Keine erkennbaren Lebensfunktionen! «

Der Mann war wirklich übel zugerichtet worden.

Der Detektor hatte inzwischen das Ausweisimplantat des

Opfers abgefragt. Doch der Name den er anzeigte sagte Jan überhaupt nichts. Seufzend drückte er auf den Alarmknopf an seinem Sprechgerät.

Nun wusste auch der Computer auf der Wache Bescheid. Schließlich handelte es sich um ein schweres Kapitalverbrechen, denn der Tote war erst knapp fünfzig gewesen.

Der Polizeicomputer würde nun den nächsten freien Sicherungstrupp hierher in Marsch setzen, doch Jan wusste aus leidvoller Erfahrung, dass sich das um diese Zeit durchaus ein halbes Stündchen lang hinziehen konnte.

Also wartete er geduldig auf die Bestätigung und betrachtete dabei die Reklame auf der Videowand.

Die Eurasische Regierung hatte offensichtlich wieder einmal keine Kosten gescheut um Mitteleuropa zu verjüngen.

Vor kurzem hatte man deshalb in der Inneren Mongolei ein richtiggehendes Rentnerparadies aus dem Boden gestampft. Selbst heutzutage war dies noch ein dünn besiedelter Flecken der Erde und deshalb zur Aufnahme überzähliger Alter wie geschaffen.

Es gab dort keine wichtigen Produktionsstätten und deshalb auch keine Arbeitersiedlungen. Damit entfiel jedwedes Raumproblem. Die Rentner würden dort ganz unter sich sein.

Die Computeranimationen zeigte die »Drachenstadt« aus der Vogelperspektive.

Unter diesem poetischen Namen – die neuen Machthaber in der Welthauptstadt Shanghai liebten blumenreiche Begriffe

- fand man auf einer Fläche von mehr als 50000 Quadratkilometern Wohnblocks, richtiggehende Dörfer und malerische künstliche Seen. Selbst Wälder, Wiesen und Felder waren angelegt worden.

Meisterhafte Eurasische Ingenieurskunst – so jedenfalls lautete die Werbebotschaft - hatte das mongolische Wüstenklima inzwischen in ein angenehm mediterranes Ambiente verwandelt.

Und das Beste daran war, dass die Regierung dieses Projekt stark subventionierte. Damit würden sich selbst die Ärmsten unter den Alten Umzug und Ansiedlung leisten können.

Doch der größte Ansporn lag letztendlich darin, dass den jungen Familien hierzulande ein Wohnraumbonus winkte, falls sie ihre alt gewordenen Angehörigen freiwillig für den Umzug in die Neue Welt motivieren konnten.

Dieser geschickte werbetechnische Schachzug würde vermutlich einen richtigen Boom auslösen. Oma und Opa wurden gut untergebracht und der Familie war ein wenig geholfen.

» Entscheiden Sie sich für das Paradies und helfen damit, die Menschheit zu retten! «

Dieser Wahlspruch stand über allem.

Jan überlegte gerade, ob auch er das Angebot annehmen und seinem Land den Rücken kehren sollte als sich endlich der Disponent aus der Wache meldete.

» Was hast du denn da ausgegraben, Jan? «

» Keine Ahnung. Der Typ war bereits tot als ich ankam. Vermutlich war er die Ursache der Ruhestörung! «

» Selbstmord? «

» Darauf würde ich nicht wetten! Dem Kerl ist der Bauch aufgeschlitzt worden. Außerdem wurde sein Kopf fast abgetrennt! Das sieht mir eher wie die Tat eines Verrückten aus. Vielleicht ein Ritualmord, keine Ahnung! Es kann sein, dass die Täter noch in der Nähe sind. Ich werde gleich nachsehen. «

» OK! Der Sicherungstrupp wurde ein wenig aufgehalten, aber nicht sehr! In einer Stunde sind die Kollegen da. Schalte dein Video an, nur so zur Sicherheit! «

» Alles klar! «

Davon war Jan nun überhaupt nicht begeistert. Ab sofort wurde nämlich jeder seiner Schritte aufgezeichnet. Was er hörte und sah, sein Herzschlag und Blutdruck, all das und noch viel mehr wurde ab sofort zur Wache übertragen und dort in den Polizeicomputer eingespeist.

Dieser wiederum würde nun jede seiner Handlungen analysieren und beurteilen, ob er sich in einer Situation richtig verhalten hatte oder nicht. Machte er also während des Einsatzes einen Fehler, so konnte ihn später jeder Anwalt komplett zerlegen. Und wenn nicht der Anwalt dann auf jeden Fall sein Chef.

Doch die Überwachung war nun einmal Vorschrift. Dagegen konnte er sich nicht wehren. Wurde er bei dem Einsatz verletzt oder getötet, dann wussten seine Kollegen wenigstens was ihm genau zugestoßen war.

Jan selbst würden diese Erkenntnisse allerdings herzlich wenig nützen.

Auf Verstärkung zu warten war nichts als überflüssige Zeitverschwendung. Bei der papierdünnen Personaldecke war er, wie jeder staatliche Polizist, im Ernstfall ganz auf sich alleine gestellt.

Jan näherte sich entsprechend vorsichtig dem Van. Auf allen Seiten prangte das Logo von »Polis« einer der bekanntesten Sicherheitsfirmen.

Aus dem Innern hörte er undeutlich Stimmen, Schreie und Stöhnen.

Falls die Besatzung dieses Fahrzeugs das erste Opfer derart zugerichtet hat, dann kann ich mich ja auf einiges gefasst machen, dachte Jan.

Langsam und vorsichtig schob er die Seitentür des Fahrzeugs auf.

Drinnen standen zwei hünenhafte Uniformierte und traktierten einen Menschen, der zusammengekrümmt vor ihnen auf einer Art Bahre lag.

Der eine Kerl hielt einen Elektroknüppel in der Hand. Dabei handelte es sich um die neueste technische Errungenschaft der Sicherheitsbranche, einer praxisgerechten Verfeinerung des alt bewährten Gummiknüppels.

Nur hatte dieses Meisterwerk moderner Waffentechnik an einem Ende zusätzliche metallene Spitzen aus denen bläuliche Funken sprühten. Diese gaben Ströme beeindruckender Stärke ab, welche ein potentielles Opfer nicht nur lähmten sondern ihm auch erhebliche Schmerzen zufügten.

Und wäre das nicht bereits perfekt genug, so war der ganze Apparat auch noch ergonomisch geformt und lag gut in der Hand, so dass man damit ganz profan auf jemanden einprügeln konnte. Genau damit beschäftigte sich einer der Sicherheitsleute.

Was sein Kollege währenddessen mit einem Messer und anderen chromblitzenden Werkzeugen so alles anstellte, wollte Jan sich gar nicht näher anschauen.

» Guten Abend! «

Jan wusste, wie leicht Begegnungen zwischen der staatlichen und der privaten Exekutive eskalieren konnten. Daher entschied er sich so ruhig wie möglich zu bleiben obgleich es ihn innerlich grauste.

Zweifellos wurden hier aggressive Verhörmethoden angewandt, wie man dies neuerdings freundlich umschrieb um das unschöne Wort »Folter« zu umgehen.

Jan wusste aus seinem Geschichtsunterricht, dass solche Methoden früher einmal verboten gewesen waren, zumindest auf dem Papier. Doch selbst die früheren demokratischen Staaten hatten hin und wieder auf diese unmenschlichen Praktiken zurückgegriffen, zumeist in dem vergeblichen Unterfangen, terroristische Taten bereits im Vorfeld aufzudecken.

Doch so richtig glücklich war man damit nie geworden.

Seit der Besetzung Europas durch die Vereinigten Asiatischen Staaten jedoch hatten die » alternativen Methoden der Wahrheitsfindung «, so lautete der heutzutage angewandte Terminus, sogar wieder Einzug in die einschlägigen Gesetzeswerke gehalten.

Mit der Privatisierung der Exekutive und dem Fall des früher so glühend verteidigten Gewaltmonopols des Staates war der Weg nun endlich frei für kreativ-effiziente Aufklärungsmethoden.

Jan überlegte blitzschnell.

Streng genommen handelten die Sicherheitsleute nicht einmal illegal. Vor allem dann nicht, wenn sie im Auftrag und mit Genehmigung einer Staatsanwaltschaft handelten.

In diesem Fall musste er sie gewähren lassen und durfte sie nicht einmal um Auskunft bitten.

Schließlich standen diese Leute mit seiner Dienststelle im Wettbewerb. Wie alle Geschäftsgeheimnisse im freien Markt unterlagen auch Fahndungsergebnisse der gesetzlich garantierten Vertraulichkeit.

Doch da momentan jeder seiner Schritte per Video dokumentiert wurde musste sich Jan erst einmal vergewissern was hier genau ablief bevor er entscheiden konnte, ob er eingreifen durfte oder nicht.

Behinderte er nämlich ein professionelles Verhör in einem laufenden Ermittlungsverfahren eines Konkurrenten, so konnte es für ihn und sein Revier recht übel ausgehen.

Doch er hatte einen Trick auf Lager, den heutzutage jeder

Polizeischüler während seiner Ausbildung lernt.

Noch bevor einer den Anwesenden dagegen protestieren konnte richtete er rasch seinen Analysator auf das Opfer.

Fait accompli, so nennt man das wohl, dachte er.

Das Gerät piepste. Wieder war Jan der Name des Mannes völlig unbekannt. Weitaus interessanter war jedoch die Anzeige des Lebensalters.

Achtundfünfzig!

Wäre der Mann nun achtzig gewesen oder so, dann hätte Jan nicht eingreifen dürfen. Die beiden Sicherheitsleute hätten ihr Opfer nach Herzenslust weiter bearbeiten können.

Doch in diesem besonderen Fall war der Mann unter siebzig und gehörte zu den Produktiven.

Damit waren seine Vorschriften eindeutig!

» Oh! Mist! « dachte Jan noch. Dann rief er laut.

» Stellen Sie sofort Ihre Gewaltanwendung ein und identifizieren Sie sich! «

Auch diesen komplizierten Satz musste heute jeder Polizeischüler auswendig lernen.

Schließlich konnte man per se nie so genau sagen, wer nun zu den Guten oder zu den Bösen gehörte, denn das war im Allgemeinen nur eine Frage des Standpunktes.

So aber gewann man Zeit um herauszufinden was eigentlich gespielt wurde und wie sich die Angelegenheit wohl entwickeln würde.

Jan brauchte auf die Antwort auch nicht lange zu warten.

» Schieb' ab, Opa! «

Das war klar und unmissverständlich.

Jan, der Ähnliches erwartet hatte war darüber nicht weiter schockiert. Wesentlich kritischer war, dass der Sprecher dabei seine Pistole aus dem Halfter zog.

» Hau ab, oder wir machen ein Sieb aus dir, du Gartenzwerg! «

Mit diesen Worten nestelte auch der Messerheld an seiner Pistolentasche.

Damit lagen die Karten auf dem Tisch.

» Gefahr im Verzug! « rief Jan in das Mikrophon.

» Ich beantrage Notwehr! «

Damit würde der Computer in der Wache auch gleich den richtigen Eindruck von der Sachlage bekommen.

Ohne auf eine Antwort zu warten – denn das wäre für Jan vermutlich letal gewesen - zog er mit einer fließenden Bewegung seine eigene Waffe aus dem Halfter, schob den Wählknopf auf die blaue Marke und schoss zwei Serien auf jeden der beiden Gegner ab, genau, wie er es fast täglich auf dem Schießstand übte.

Die Nadeln durchdrangen die Uniformen der Männer und injizierten ihnen mit winzigen Treibladungen den Drogencocktail direkt in ihre Körper.

Das Gebräu bestand aus einem synthetischen Stoff der ähnlich wie Curare eine vollständige Lähmung der Muskulatur hervorrief und als Zugabe einen rasch wirkenden Tranquilizer enthielt.

Wie dem auch sei. Der Stoff wirkte schlagartig und die beiden gewalttätigen Sicherheitsmänner polterten bewusstlos zu Boden.

» Habt ihr das gesehen? « fragte Jan sein Sprechgerät.

Vermutlich starrten seine Kollegen auf der Wache im Augenblick gespannt auf die Bildschirme als verfolgten sie eine Reality-Soap.

Jan war darüber nicht böse. Als Zeugen in der Verhandlung würden sie seine Chancen beträchtlich steigern.

In letzter Zeit gaben manche Verwaltungsrichter nämlich den Sicherheitsfirmen Priorität vor den altstaatlichen Stellen.

Schließlich waren zahlreiche Gerichtshöfe inzwischen ebenfalls privatisiert und jedermann wusste um den regen Personalaustausch zwischen den Aufsichtsräten der Privaten Exekutive und der Neuen Jurisdiktion.

Im Zweifelsfall steckte man als Polizist fast immer mit einem Bein im Gefängnis.

» Wir haben alles im Kasten, Hauptwachtmeister! Der Computer hat Ihnen vierundneunzig Prozent Notwehr zuerkannt. Damit sind Sie aus dem Schneider. Wir schicken gleich einen zweiten Sicherungstrupp zum Aufräumen. Kümmern Sie sich jetzt um das Opfer. Das war gute Arbeit! «

Jan war erleichtert.

» Alles klar, Zentrale! Ich schalte jetzt ab! «

Damit trennte er die Video-Verbindung. So praktisch es manchmal auch war, ihm war wesentlich wohler nicht ständig einen elektronischen Aufpasser im Nacken zu haben.

Dann beugte er sich über den Menschen, den die beiden Wachleute so übel traktiert hatten. Der Typ stöhnte leise ein paar Worte.

Jan beugte sich vor.

» Verhindern...«

Das war alles was er verstehen konnte.

Der Mann bewegte seinen Arm. Er schien gebrochen zu sein. Trotzdem zog er an seinem zerfetzen Hemd, riss an der Haut seines Bauches und stöhnte dabei leise. Blut tropfte zu Boden. Jan sah entsetzt, wie sich ein daumenlanger blutiger Metallzylinder aus dem Leib des Mannes heraus schob.

» Eine Bauchtasche! «

Jan wusste sofort was er da vor sich hatte.

Rauschgiftschmuggler und Geheimagenten trugen manchmal solch ein Versteck im Körper.

Die Tasche wurde operativ eingesetzt und mit einem Röntgenreflektor umgeben. War sie gefüllt, so sprühte man etwas Heilplasma auf die Oberfläche. Die wuchs in kurzer Zeit wieder glatt zu und das Versteck wurde praktisch unsichtbar.

Doch solch ein Aufbewahrungsort war nichts, was ein Durchschnittsbürger bei sich trug und auch nichts für schwache Nerven.

Der Mann griff nach Jans Hand, drückte den Zylinder hinein und ächzte.

» Carla geben! «

» Was ist das? Wem soll ich das geben? «

» Carla! Nur an Carla … Merke dir … Carla … Hast du verstanden? … Du musst verhindern…«

Die Stimme verlor sich.

Im gleichen Augenblick blinkte Jans Analysator und stellte mit seelenloser Stimme fest.

» Lebensfunktionen erloschen! Exitus! «

Draußen vor dem Van surrten Fahrzeuge. Die Verstärkung war schneller gekommen als er es erwartet hatte. Jan steckte den Zylinder ein und drehte sich um. Profi hin oder her, der Tod eines Menschen, noch dazu unter diesen grauenvollen Umständen nahm ihn jedes Mal mit.

Draußen vor dem Van erlebte Jan aber eine Überraschung.

Nicht seine Kollegen hatten den Wagen umstellt. Es waren Agenten des militärischen Staatsschutzes, schwarz uniformiert und bis an die Zähne bewaffnet.

Allen voran stand ein Agent mit den Rangabzeichen eines Obersten. Er herrschte Jan mit schneidender Stimme an.

» Was hat der Mann zu Ihnen gesagt? «

Jan überlegte fieberhaft. Sollte er dem Offizier die Wahrheit sagen? Man hatte ihm das sein Leben lang eingebläut.

Andererseits, wenn der Staatschutz auftauchte, so war die Sache fast immer geheim. In diesem Fall musste er mit dem Schlimmsten rechnen.

War er Augenzeuge einer Geheimoperation, so würden ihn die Agenten ziemlich sicher einem scharfen Verhör unterziehen, nur um ganz sicher zu gehen, dass sie auch wirklich alles von ihm erfahren hatten. Und anschließend würde man ihn aller Wahrscheinlichkeit nach beseitigen.

Nein! Jetzt irgendetwas etwas zu sagen grenzt an Selbstmord, dachte er.

Zuerst musste er nachdenken! Langsam schüttelte Jan mit dem Kopf.

» Nichts! Der Mann war bereits bewusstlos als ich ankam. Er war schwer verletzt und ist kurz darauf gestorben. Das sagt jedenfalls der Analysator! Außerdem haben meine Kollegen alles über Video mitgeschnitten! «

Der Oberst verzog ob dieser Tatsache verärgert sein Gesicht und Jan pries in Gedanken die sonst so ungeliebte elektronische Aufsicht.

» Die beiden Wachleute haben mich bedroht. Ich musste sie in Selbstverteidigung paralysieren! Der Computer hat Notwehr bestätigt! «

Jan deutete auf die beiden bewusstlosen Sicherheitsleute, die die Soldaten gerade fortschafften.

Der Oberst zeigte sich ob dieser Schilderung wenig beeindruckt.

» Sie vergessen jetzt diesen Vorfall. Sie brauchen keinen Bericht abzugeben. Wir klären das direkt mit Ihrer Dienststelle! Wenn Sie kooperieren, erhalten Sie eine Belobigung! Wenn nicht, werden Sie hingerichtet! «

Jan brauchte sich nicht verstellen, um erschrocken dreinzublicken.

In welchen Sumpf bin ich da nur hineingeraten, fragte er sich.

» Wir übernehmen ab hier! Sie dürfen jetzt gehen! «

Das musste ihm der Offizier nicht zwei Mal sagen. Länger bei den Agenten herumzulungern, das wagte Jan nicht.

Er machte sich so rasch davon wie er nur konnte.

(* * *)

In Jans Wohnung roch es muffig.

Als einfacher Staatsbediensteter konnte er sich nur ein Innenapartment ohne Fenster leisten.

Die Energie der hiesigen Kernkraftwerke wurde momentan in den Industriebetrieben im Osten gebraucht. Daher schaltete der Hauswart die Lüftung nur jeden zweiten Tag ein.

Jan wusch sich erst einmal sorgfältig die Hände. Wie ein Taschenspieler hielt er dabei den geheimnisvollen Zylinder verborgen. Das hatte einen guten Grund.

In allen Wohnungen des Komplexes waren schon vor Jahren

winzige Kameras eingebaut worden.

Verdachtsunabhängige Videoüberwachung war seit dem Aufstand der Konterrevolutionäre schließlich Gesetzesvorschrift.

Nachdem die Befreiungsarmee der Vereinigten Asiatischen Staaten das alte Europa besetzt, beziehungsweise befreit, hatte, wurde dies offiziell als Revolution gefeiert.

Entgegen der offiziellen Verlautbarungen hielt sich die Begeisterung der solchermaßen Befreiten allerdings in engen Grenzen und sie begannen sich gegen die Besatzung aufzulehnen. In manchen Gegenden Europas mehr, in anderen weniger.

Die »Konterrevolutionäre« waren überall im besetzten Europa aktiv.

Der offene Widerstand endete erst nach der spektakulären Ausrottung der Bürger Londons und Mailands durch Neutronenwaffen.

Dem Präsidenten der Eurasischen Union wurde vom Parlament deswegen später sogar ein Friedenspreis verliehen, denn er hatte mit diesem couragierten Vorgehen dem annektierten Europa schließlich das Leid eines langen Partisanenkriegs erspart.

Lediglich im schottischen Hochland und in den Schweizer Bergen hielten sich noch immer vereinzelte Widerstandsgruppen, doch diese wurden von Armeeführung und Regierung weitestgehend ignoriert.

Sie waren viel zu weit von den Wirtschaftszentren entfernt

um den neuen Eurasischen Staat ernstlich zu gefährden.

Doch in den Städten konnte und wollte die neue Regierung kein Risiko eingehen.

Deshalb ordnete sie im Rahmen der konter-konterrevolutionären Maßnahmen, allgemein als K2 bekannt, die generelle Videoüberwachung an.

Jans Nachbarn wussten entweder nichts von den optischen Spionen oder sie ignorierten sie inzwischen. Letztere Einstellung war nicht ganz falsch, denn es gab einfach nicht genug Personal um alle Wohnungen gleichzeitig zu überwachen.

Doch Jan durfte in seiner Situation kein Risiko eingehen. Noch zu frisch war seine Erinnerung an die Drohung des Agentenoffiziers.

Jan seufzte und widerstand der Versuchung, den Zylinder gleich hier an Ort und Stelle zu öffnen.

Dass das Behältnis etwas potentiell Subversives oder Gefährliches enthielt war ihm klar.

Doch wegen des heutigen Vorfalls würde man ihn ab sofort aufs Schärfste überwachen und wohl auch seine Wohnung ziemlich bald auf den Kopf stellen.

Also ließ er den Zylinder ungeöffnet in seiner Tasche verschwinden.

Morgen war schließlich auch noch ein Tag und der sicherste Platz für eine Untersuchung war paradoxerweise seine Polizeiwache.

(* * *)

Offiziell begann Jans Schicht am anderen Morgen erst nach der Mittagszeit, doch er tauchte schon kurz nach zehn Uhr wieder in der Wache auf.

Niemand störte sich daran, denn Jan stand im Ruf, sehr gewissenhaft zu sein. Außerdem achtete wegen der drohenden Schließung des Reviers sowieso kaum mehr einer auf den anderen.

Im Gegensatz zu seiner Wohnung gab es hier keine Videospione. So konnte Jan auf der Toilette ungestört den geheimnisvollen Zylinder öffnen. Doch zu seiner Enttäuschung steckte darin nichts als ein gewöhnlicher Speicherwürfel, wie er in jeden besseren Computer passte.

Selbstverständlich hätte er den Speicher einfach an seinem Arbeitsplatz auslesen können, doch das erschien ihm wenig ratsam.

In allen lizenzierten Computern wurden nämlich Kopiervorgänge akribisch mitgeschrieben und die Logbücher automatisch an das Amt für Datenüberwachung geschickt. Jeder Versuch, mit seinem Computer eine subversive Information zu lesen hätte unweigerlich mit seiner sofortigen Verhaftung geendet.

Andererseits gab es praktisch keine unlizenzierten Computer mehr, denn Besitz und Betrieb wurde mit drakonischen Strafen geahndet. Besitzer nicht zugelassener Computer waren inzwischen nach und nach verraten, enttarnt und hingerichtet worden.

Diese Maßnahme war aus Sicht der Neuen Eurasischen Regierung völlig logisch und unentbehrlich. Schließlich durfte man den unkontrollierten Nachrichtenaustausch zwischen den Bürgern nicht länger tolerieren.

Doch Jan wusste Rat.

In der Asservatenkammer des Reviers schlummerte genügend Diebesgut, darunter waren auch Dutzende gestohlener Rechner.

Mit dem Hinweis auf den Bericht, den er zu schreiben hätte, erhielt Jan ohne weitere Fragen einen ganzen Einkaufswagen voller Elektronikgeräte. Die karrte er zu einem Schreibtisch in einer dunklen Ecke des Büros. Dort angekommen zog er als Erstes den Kommunikationseinschub aus einem der Rechner heraus und brach die Platine in der Mitte durch.

Als er sie wieder festgeschraubt hatte, sah der Rechner äußerlich zwar noch immer wie neu aus, doch konnte er nun nicht mehr auf das Kommunikationsnetz zugreifen und also auch keine verräterische Nachricht absenden.

Das Gerät würde zwar nur noch wenige Minuten funktionieren bis die Sicherheitssoftware den Computer abschaltete, doch das war für Jans selbst gestellte Aufgabe völlig ausreichend.

Der Speicherwürfel passte ins Lesegerät. Doch zu Jans größter Enttäuschung war der Inhalt verschlüsselt. Er konnte die Dateien nicht öffnen. Immerhin ließ sich aber der Speicherinhalt kopieren. Jan opferte einen seiner privaten Musikwürfel dafür.

Damit es nicht auffiel tippte Jan rasch einen Bericht in den Notizblock und gab nach weniger als einer Stunde alle Teile wieder beim Asservatenverwalter ab.

Den Originalwürfel steckte er ein und die Kopie verwahrte er in seinem Schreibtisch.

Er hatte sich gerade wieder an seinen Platz gesetzt und wollte den Bericht über die Ereignisse des gestrigen Abends zusammenstellen, da rief ihn auch schon der Revierleiter in sein Büro.

Bei ihm saß ein Mensch in einem eleganten vierteiligen braunen Anzug.

»Ich gehöre zum Ministerium für Staatsschutz und muss mit Ihnen über Ihren Bericht zu den gestrigen Ereignissen sprechen. «

Jan blickte nachdenklich zwischen ihm und seinem Chef hin und her.

Letzterer trug ein besorgtes Gesicht zur Schau. Jan ahnte allerdings, dass er weniger um ihn als um seine eigene Karriere Angst hatte. Wie gesagt, in dieser Zeit kämpfte jeder für sich alleine.

»Nur zur Sicherheit und strikt vertraulich! Hat irgendwer gestern etwas zu Ihnen gesagt? Die Sicherheitsleute oder der Gefangene? «

Der Agent lächelte warm, doch Jan war lange genug im Dienst um zu wissen, dass er keine achtundvierzig Stunden mehr leben würde, falls er jetzt einen Fehler machte.

Ahnte der Anzugträger etwas von dem was sich wirklich abgespielt hatte, so würde man ihn im besten Falle sofort hinrichten und im schlimmsten Fall zuvor einem »aggressiven Verhör« unterziehen.

Also gab es kein Zurück!

»Nur das, was Sie bestimmt bereits auf der Videoaufzeichnung gesehen haben! Von den beiden, äh, Tatbeteiligten war einer bereits tot als ich hinzukam. Der andere war bewusstlos und erlag unmittelbar vor dem Eintreffen der Kollegen vom Staatsschutz seinen Verletzungen. Das hat jedenfalls der Analysator festgestellt! «

»Gut! Das deckt sich mit unseren Ermittlungen. So, und nun vergessen wir den Vorgang! Haben Sie bereits Ihren Bericht verfasst? «

Jan dachte angestrengt nach.

» Ich habe noch nichts Endgültiges geschrieben. Für mich sah es so aus, als seien an der Ruhestörung vier Personen beteiligt gewesen. Keiner kam aus unserem Bezirk. Es schien sich um einen Streit unter Kriminellen zu handeln. Als ich eingeschritten bin sind alle geflohen. Ich gehe von einem Einzelfall aus, der sich nicht wiederholen wird. Wäre diese Formulierung im Sinne der Sache ausreichend? «

Der Ministerialbeamte warf Jans Chef einen triumphierenden Blick zu.

» Ausgezeichnet! Sie haben sehr umsichtig gehandelt! Sie erhalten dafür ein Lob. Vergessen Sie nur nicht, was Sie eben gesagt haben! Kein weiteres Wort über den Vorgang! Zu niemandem! Sie kennen die Konsequenzen! «

Damit war Jan entlassen und durfte an seinen Schreibtisch zurückkehren. Niemand seiner Kollegen konnte die Gedanken hinter seinem steinernen Gesicht erraten.

» In welchen Schlamassel bin ich da nur hineingeraten? «

(***)

Jan nutzte seinen Streifengang am Nachmittag dazu nachzudenken. Wer waren nur diese Leute? Was war auf dem Speicher und wer war Carla? Wen sollte er dazu nur fragen?

Im Polizeirechner zu recherchieren grenzte an Selbstmord, das war sonnenklar! Bestimmt wurden alle seine Aktivitäten momentan akribisch überwacht und aufgezeichnet.

Also musste er sich so unauffällig wie nur irgend möglich verhalten. Doch hinter all dem quälte ihn die Frage.

» Wer um alles in der Welt ist Carla? «

Die Antwort kam ihm auf die einfachste denkbare Weise. Carla fand ihn nämlich zuerst.

Inmitten des größten Gewühls um das zentrale Kaufhaus rempelte jemand Jan hart an. Als er schon protestieren wollte fühlte er einen Zettel zwischen seinen Fingern.

Der Fetzen war aus dem Werbeprospekt eines privaten Kindergartens aus dem Süden des Bezirks gerissen. Jan drehte ihn unschlüssig hin und her, hielt ihn gegen das Licht und versuchte irgendeine Botschaft herauszulesen. Doch er fand keine versteckte Videonummer. Keine Adresse, kein Namen war darauf gekritzelt. Auf dem Blatt gab es einfach nichts Ungewöhnliches. Nur der Name des Besitzers.

» Kinderkrippe Fliegenpilz. Leiterin C. Verhoeven «

Kindergärten waren alles in allem gar kein schlechtes Geschäft, und deshalb investierten immer mehr clevere Geschäftsleute auf diesem Gebiet.

Kinder gab es schließlich genug, die Neue Eurasische Regierung subventionierte sie stark und da aus den lieben Kleinen später einmal gute Soldaten und Arbeiter, in seltenen Einzelfällen vielleicht auch Wissenschaftler oder Führungskräfte werden sollten, hatten viele der staatlichen Konzerne sie fest in ihre Nachwuchsausbildung integriert.

Der Staatsführung war das ganz recht. Bekam man die Kinder früh genug in die Hand, so konnte man ihnen viel leichter die richtigen Ideologien und Weltanschauungen vermitteln als später den Erwachsenen.

Demgegenüber standen freie Kinderkrippen.

Diese wurden zumeist von Idealisten betrieben. Sie mussten fast immer ohne staatliche Förderung auskommen und finanzierten sich mehr schlecht als recht aus privaten Beiträgen.

Die freien Krippen waren nicht besonders gut organisiert, denn zwischen ihnen herrschte wegen den Finanzierungsproblemen eine harte Konkurrenz, die fast schon an Feindschaft grenzte.

Zudem wurde immer einmal wieder solch ein Kinderhort geschlossen, wenn sein Leiter unter Terrorismusverdacht verhaftet wurde.

Nun gut, dachte Jan. Wenn die Adresse schon in seinem Bezirk lag, dann konnte er dort ruhig einmal unauffällig vorbeischauen und nachsehen, was es damit auf sich hatte.

Doch streng genommen brachte ihn sein eigenmächtiges Handeln in große Gefahr. Würde man ihn verhaften, so stünde er sofort im Verdacht des Hochverrats und dafür gab es eigentlich nur eine Strafe.

Also musste er zunächst für eine Ablenkung sorgen. Was aber könnte ihn entlasten?

Am Abend schrieb er ein paar Zeilen auf eine Speicherkarte und verstaute diese hinter dem Spiegel in seinem Badezimmer. Der Staatsschutz würde diese Botschaft im Zweifelsfalle sofort finden.

Der Trick war, dass er eigentlich genau die Wahrheit beschrieb:

Er mache sich Sorgen um seine Zukunft und wollte eine Gruppe von Verschwörern auffliegen lassen. Damit wollte er sich eine Empfehlung für eine Anstellung beim Staatsschutz sichern.

Das, so war sich Jan sicher, würden die Agenten für bare Münze nehmen. Ob es ihm aber letztendlich den Kopf würde retten können, vermochte Jan nicht zu sagen.

In dieser Nacht schlief er sehr schlecht.

Am anderen Morgen versuchte er sich so normal wie möglich zu geben und startete seine Streife wie gewohnt.

Damit aber endete bereits seine tägliche Routine.

Dass man ihm bei dem was er vorhatte nicht auf die Schliche kam, musste er noch eine Vorsichtsmaßnahme ergreifen.

Jeder Polizist war nämlich mit einem Ortungsgerät ausgestattet. Damit konnte die Wache jederzeit feststellen wo in der Stadt er sich gerade befand. Dies war theoretisch nützlich, damit die Wache Verstärkung schicken konnte, falls der Beamte in Not geriet.

Für Jan jedoch war diese Art der automatischen Überwachung gleichermaßen gefährlich wie hinderlich.

Der Sensor des Ortungsgerätes befand sich am Koppelschloss des Gürtels. Dies lernte jeder Polizeischüler bereits im ersten Dienstjahr. Und natürlich wusste auch jeder Anwärter, dass einfaches Stanniolpapier einer simplen Schokoladenpackung genügte, um den Sensor lahmzulegen.

Jan zückte sein Mikrophon und rief die Wache.

» Vermutlich Ladendiebstahl. Ich verfolge den Verdächtigen! «

Damit betrat er das Kaufhaus und fuhr mit dem Lift in das Untergeschoss. Hier funktionierte die Ortung erfahrungsgemäß nicht besonders gut. Wenn sie also gleich ganz ausfiel, so würde das niemanden misstrauisch machen. Am Allerwenigsten den Computer.

An einer Theke erstand Jan einen Schokoladenriegel, aß davon eine Rippe und drückte den Rest einem vorbeigehenden Kind in die Hand.

Die Metallfolie behielt er und umwickelte damit sorgfältig den Sensor. Dann verließ er das Kaufhaus am rückwärtigen

Ausgang. Nun war er unsichtbar – zumindest für den Polizeicomputer.

Mit der U-Bahn erreichte Jan kurze Zeit später den Kinderhort. Er lag im Keller einer halb verfallenen katholischen Kirche.

Religiöse Betätigungen waren in der Eurasischen Union zwar nicht ausdrücklich verboten, wurden von staatlicher Seite jedoch auch nicht besonders gefördert.

Das bekamen Christen, Juden, Moslem und Gläubige anderer Religionen gleichermaßen zu spüren. Gotteshäuser gleich welcher Art konnten praktisch nur durch private Spenden erhalten werden, und diese flossen nicht eben üppig.

Jan brauchte nicht lange nach dem Eingang zu suchen. Ein großes Schild verkündete, dass der Hort ab sofort geschlossen sei und die Räume auf Anordnung des Staatsschutzes nicht mehr betreten werden durften. Für Jan war das ein untrügliches Zeichen, dass er sich hier an der richtigen Adresse befand.

Auf der gegenüberliegenden Straßenseite stand ein Lieferwagen ohne Fenster einer Lebensmittelkette.

Daneben winkte ein jüngerer dunkelhäutiger Mensch Jan unauffällig zu.

» Suchen Sie jemanden, Hauptwachtmeister? Kann ich Ihnen helfen? «

» Carla! «

» Gut! Kommen Sie mit! Ich bringe Sie hin! «

Er zog Jan zu sich in den Laderaum. Die Schiebetür schloss sich mit einem schmatzenden Laut und Jan knackte es in den Ohren.

Die Wände im Laderaum bestanden aus rohen Metallplatten.

» Der Wagen ist abgeschirmt. Sie könnten uns nicht einmal dann verraten, wenn Sie verwanzt wären! «

» Wo fahren wir denn überhaupt hin! «

» Zu Carla! Das wollten Sie doch, oder! «

Der Rest der Fahrt verging in Schweigen. Schließlich hielt der Wagen an und die Tür wurde aufgeschoben. Jan blickte sich neugierig um.

Der Lieferwagen stand in einer Art Garage. Die Türen waren aus Stahl und die Luft roch muffig und feucht wie in einem Bunker. Vermutlich lagen die Räume unter der Erde.

Jan zählte den schweigsamen Dunkelhäutigen und den Fahrer. Dann standen da noch zwei weitere Männer und eine Frau.

Ungefähr fünfzig, verhärmtes Gesicht. Das Aussehen und die Art wie sie sich gab passten gut zu einer frustrierten Anführerin einer erfolglosen Widerstandsgruppe.

» Sind Sie Carla? «

Die Frau nickte.

» Und Sie leiten einen Kindergarten? «

» Jetzt nicht mehr! Der Geheimdienst hält das für subversiv! Ein paar unserer Familien haben zwar protestiert, doch es hat nichts genützt! «

Carlas Augen blitzten zornig.

» Doch das spielt jetzt keine Rolle mehr! Sie haben etwas in Ihrem Besitz was uns gehört! Und das wollen wir jetzt wieder zurück haben! «

» Und was genau wäre das? «

Jan fragte so unschuldig wie er nur konnte.

» Lass uns den Typen kalt machen und ihm den Speicher einfach abnehmen, Carla! « rief der jüngste aus der Gruppe dazwischen.

Jan konnte sich ein Kopfschütteln nicht verkneifen.

» Gute Leute sind schwer zu bekommen, Carla. Nicht wahr? Der Typ hat wirklich keine Ahnung! «

Der Junge lief rot an und nestelte an seiner Tasche als wolle er eine Pistole herausholen, doch Carla trat dazwischen.

Beinahe entschuldigend erklärte sie.

» Unser junger Freund hier ist in der Tat noch etwas naiv. Doch sagen Sie mir: Was sollte uns daran hindern genau das zu tun, was er vorschlägt? «

» Die Kopie, die ich selbstverständlich hinterlegt habe. Hören Sie also endlich auf Unsinn zu verzapfen und erzählen Sie mir lieber, was es damit auf sich hat. Immerhin sind zwei Ihrer Leute dafür gestorben! «

» Das ist uns bekannt! Doch warum sollte ich Ihnen vertrauen und Sie in unser Problem einweihen? «

» Was Sie glauben oder nicht, das ist mir völlig gleichgültig! Ich habe einem Sterbenden etwas versprochen und das mache ich jetzt wahr! Das war schließlich einer Ihrer Leute! Also was ist los? Was hat das alles zu bedeuten? «

Carla seufzte tief.

» Also gut! Kommen Sie mit. Wir wollen sehen was wir bekommen haben! «

» Gut! Aber vorher habe ich noch eine schlechte Nachricht für Sie! Ich bin sicher, dass Ihre kleine Gruppe bereits vom Staatschutz unterwandert ist! «

Zu Jans Erstaunen lächelte Carla nur müde.

» Das kann ich mir gut vorstellen. Doch wie kommen Sie gerade jetzt darauf? «

» Als ich Ihren Boten fand waren die Staatsschützer sofort an Ort und Stelle. Sie müssen schon vorher auf der Lauer gelegen und auf den Deal gewartet haben. Ich bin nur zufällig hinzugekommen! «

» Ich bin froh, dass sie es waren. Sie haben richtig gehandelt, das werden Sie gleich sehen. Kommen Sie mit. Doch falls Sie Recht haben, dann bleibt uns weniger Zeit als ich hoffte! «

» Aber Carla, er ist doch ein Bulle! «

Der jüngere der beiden Männer war von der Idee offenbar nicht übermäßig begeistert.

Doch Carla winkte nur ab.

» Ich denke, das betrifft ihn genauso! Wenn er die Fakten gesehen hat ist es egal ob er Polizist ist oder nicht! Dann kann er selbst entscheiden. Wir müssen uns dann auch nicht länger verstecken. «

Hinter einer Stahltür begann ein kurzer Gang. Dahinter lagen rechts und links kleine Räume mit nackten Betonwänden. In einem davon standen ein roher Holztisch und darauf eine Ansammlung von Computern.

Einer von Jans neuen Bekannten der einen imposanten roten Bart trug streckte wortlos seine Hand aus und Jan legte den Würfel hinein.

» Der Inhalt ist verschlüsselt! «

Der Mann nickte und schob den Speicher in das Lesegerät.

» Klar! Das Passwort haben wir über einen anderen Weg bekommen! Das machen wir immer so! Den Boten haben sie völlig umsonst gefoltert. Er wusste nichts! «

Der Speicherwürfel enthielt einen Wust von Daten. Endlose Zahlenkolonnen, Texte und Graphiken.

Es gab eine Menge Broschüren, die für Finanzinvestoren warben und in Mandarin, der neuen Amtssprache der Eurasischen Union, verfasst waren.

Andere Texte waren in französischer und arabischer Sprache geschrieben, wie es in den neuen Industrie- und Finanzmetropolen in der Nordafrikanischen Union gesprochen wurde.

Weder Jan noch Carlas Begleiter verstanden diese Sprachen.

Doch Carla, die beides fließend beherrschte übersetzte für alle.

» Die zunehmende Verknappung an Lebensmitteln wird exzellente Renditen für alle bringen, die rechtzeitig Anteile an dem weltgrößten Zuchtbetrieb für Nutzvieh erwerben. «

Dies war die Quintessenz der reich illustrierten Informationsschriften.

Der Rest der Texte war in einfachem Englisch gehalten, was alle gut verstanden.

» Schaut her was die schreiben! «

Der Bärtige am Computer verzog sein Gesicht.

» Die Phase drei des Projekts wird alle Ihre Investitionserwartungen übertreffen. Alle eingesetzten Tiere sind auf höchstmögliche Masteffizienz hin optimiert. Die Tiere garantieren den Masterfolg auch bei reiner Eiweißfütterung. Gras und sonstiges Raufutter sind nicht länger notwendig, so dass unnötiger Flächenbedarf und kostenintensive Landwirtschaft zukünftig komplett entfällt. Das steigert die Rendite ganz erheblich. «

» Bedingt durch die weltweite Verknappung von Fleischprodukten ist der Absatz auf breiter Front gewährleistet. Selbst Staaten, mit denen unsere Nation derzeit noch nicht freundschaftlich verbunden ist, haben Bereitschaft signalisiert das Projekt auf breiter Front zu unterstützen. «

» Die in Phase drei angewandte hochinnovative Futtermittelerzeugung hält die Betriebskosten der Anlage auf dem kleinstmöglichen Wert und löst gleichzeitig das Hauptproblem unserer Zeit! «

Jan fragte sich derweil, was das alles sollte.

Was stand da? Futtermittel, Tierfarmen?

Warum um alles in der Welt betrieben die Staatschützer solch einen Aufwand, Werbebroschüren und völlig unwichtige Daten wiederzuerlangen, fragte sich Jan.

Und warum macht dieser Revoluzzer am Computer nur solch ein wütendes Gesicht?

Waren das vielleicht irgendwelche militanten Tierschützer?

Nein! Die waren inzwischen außer Mode gekommen.

Schließlich musste jeder essen und Fleisch war allemal billiger zu produzieren als Weizen, Kartoffeln und andere Luxusfrüchte.

Oder waren das vielleicht irgendwelche Umweltfanatiker? Unwahrscheinlich! Heutzutage waren genmanipulierte Pflanzen und Tiere an der Tagesordnung. Niemand regte sich mehr darüber auf.

Konnte er vielleicht in einen Finanzskandal hineingeraten sein?

Jan sah sich fragend um.

Sich diese Typen als Killertruppe irgendeines Bankenclans vorzustellen war einfach nur lächerlich!

Hier stand eine abgehalfterte Kindergärtnerin mit einem Häuflein von Getreuen die sich gaben wie Robin Hoods Bande, nachdem man Sherwood Forest abgeholzt hatte.

Außerdem konnte Jan kein Motiv erkennen. Der Staat bot hier privaten Anlegern eine scheinbar lukrative Geldanlage an.

Doch selbst, wenn sich das alles hier als ein einziger Betrug herausstellen sollte, dann würde man deswegen doch keine Leute umbringen.

Irgendetwas stimmte hier ganz und gar nicht!

Jan schüttelte den Kopf und es platzte aus ihm heraus.

» Seid ihr irre, solch einen Aufstand wegen einer Zuchtfarm zu machen? «

Carla sah ihn wütend an.

» Hier geht es um viel mehr! Machen Sie doch die Augen auf! «

» Die Staaten können die Bevölkerung nicht mehr satt bekommen. Die Ackerflächen sind verschwunden, weil man den Platz für Wohn- und Industriebauten braucht. Damit fehlt es automatisch am Viehfutter und den Grundnahrungsmitteln wie Weizen, Mais und Reis. «

» Die Meere sind alle verseucht. Frei lebende Fische gibt es praktisch keine mehr. Und synthetische Nahrungsmittel sind für die breite Bevölkerung viel zu teuer in der Herstellung. «

» Also haben sich ein paar Spekulanten mit Spezialisten aus der Regierung zusammengetan und ein Konzept entworfen, wie sie Nutzen aus der Situation ziehen können. «

Sie stieß den Mann am Computer an.

» Zeige ihm den Plan! Dann wird er es verstehen! «

» Sie bauen eine Viehzuchtanlage praktisch in der Wüste. Eigentlich haben sie es schon getan! Das hier ist lediglich der dritte Bauabschnitt, die Phase drei. Für ein paar Leute aus der Zentralregierung und für Spekulanten wird es das absolute Riesengeschäft! «

Doch Jan war nun richtige böse.

» Na und! Ein paar Leute bereichern sich einmal wieder! Das kommt jeden Tag vor! Was ist daran denn so neu, dass ihr solch einen Aufstand deswegen macht? Und was kümmert das den Staatsschutz? «

Zur Antwort zeigte der Bärtige auf die Landkarte eines riesigen Komplexes.

» Beruhigen Sie sich und denken einmal nach! Da unten leben auf fünf Millionen Hektar ständig an die achthundert Millionen Schweine und über dreihundert Millionen Rinder. Die Fischfarmen habe ich gar nicht gerechnet. Die Anlage liegt mitten in der Mongolei in einem ehemaligen Wüstengebiet. Das ist bestimmt nicht die fruchtbarste Gegend! Welche Frage würden Sie sich also stellen? «

Jan rieb sich das Kinn und murmelte leise.

» Woher nehmen die das ganze Futter für die Tiere? «

» Genau! Das war das Hauptproblem. Sie haben es wirklich innovativ gelöst, das muss man schon zugeben! «

Er klickte auf der Tastatur herum. Nun zeigte der Bildschirm eine Luftbildaufnahme. Sie zeigte eine riesige Fabrik.

Hallen wechselten sich mit Flachbauten ab. Dazwischen verliefen breite Straßen und ein Schienennetz auf dem Güterwagons zu sehen waren.

Und im Süden schließlich standen Häuser. Regelrechte Wohnblocks mit jeweils fünf Stockwerken, soweit man dies unter dem Winkel sehen konnte.

Der Mann am Computer tippte weiter auf der Tastatur und das Bild kam näher. Details wurden sichtbar.

Um die gesamte Wohnanlage zog sich ein hoher Zaun, der alle paar hundert Meter von einem Wachturm unterbrochen war. Eigentlich sah es eher aus wie ein Gefängnis oder ein Straflager.

Dann zeigte das Bild eine Art Eingangstor, über dem ein Ornament angebracht war. Die Kameraperspektive änderte sich erneut.

Jan erkannte einen Schriftzug und begann zu zittern.

Solche Bilder hatte er bisher nur im Geschichtsunterricht gesehen, aus dem alten Europa von vor knapp hundertfünfzig Jahren.

Schon damals gab es Lager die aussahen wie dieses und schon damals standen zynische Sprüche über den Toren wie » Arbeit macht frei! « oder » Jedem das Seine! «

Doch über diesem Tor stand in großen Lettern geschrieben.

» Durch dieses Tor schreiten die Retter der Menschheit! «

» Um Himmels willen! Nein! Das kann doch nicht wahr sein! «

Carla legte ihre Hand auf seine Schulter und sagte sanft.

» Und warum nicht? Im Grunde genommen hat man das bereits getan! «

» Schon vor vielen Jahren sind ein paar Leute auf die Idee gekommen, dass ein Begräbnis nur sinnlose Verschwendung wertvollen Eiweißes darstellt. Wir und ein paar Freunde haben lange gebraucht, um herauszufinden was mit unseren Toten angestellt wird. Genau darum geht es! Wir haben allerdings viel länger gebraucht um diese Fakten zu glauben. «

In Carlas Augen lag nun ein bitterer Zug.

» Das war die Phase eins. Doch die Futtermenge reichte einfach nicht aus. Es starben einfach nicht genug Menschen, um solch eine Farm in großem Stil zu betreiben. Wegen der Transportkosten war die Effizienz viel zu gering und damit die Rendite niedrig. «

» Deshalb wurde vor zehn Jahren die Todesstrafe wieder eingeführt. Deshalb werden heute so viele Leute wegen geringer Vergehen deportiert, wie in den vergangenen zehn Jahren zusammengenommen! Das nannten sie dann Phase zwei! «

Jan atmete schwer.

» Das ist doch nicht Ihr Ernst! «

» Leider ist es wahr! Doch Effizienz und Rendite blieben noch immer hinter den Erwartungen zurück! «

» Deshalb hat man Phase drei ins Leben gerufen. Der Werbefeldzug läuft auf vollen Touren. Das können Sie praktisch an jeder Straßenecke sehen. Nun kommt Bewegung in das Ganze! Das System beginnt sich zu tragen. «

» Belügen die Plakate die Leute vielleicht? Ich denke nicht! Sie bieten den Umzug in die Mongolei, und jeder der sich für den Umzug entscheidet hilft, die Menschheit zu retten! Oder was dachten Sie, warum es das Umsiedlungsprogramm gibt? Aus reiner Menschenfreundlichkeit vielleicht? «

» Aus der Vergangenheit haben sie gelernt, dass Geburtenkontrolle nichts bringt. Schließlich braucht man billige Arbeitskräfte, junge, belastbare, gesunde Menschen als Arbeiter und Soldaten. Probleme machen nur die Alten. Die sind nicht mehr produktiv, doch sie konkurrieren mit den Jungen um Essen und Lebensraum. Phase drei räumt damit auf! Die Leute machen ja freiwillig mit. Es gibt lukrative Anreize. Was mit Oma und Opa wirklich passiert, erfährt ja niemand. Und... Was ist da los? «

Eine Sirene begann zu heulen und Carla stockte. Deutlich hörte man aus den Tiefen des Gebäudes Explosionen und Gewehrsalven und Getrampel und Schreie.

» Rasch! Lade die Daten hinauf! «

» Ist schon geschehen! Haltet mir noch eine Minute den Rücken frei! Ich mache das System jetzt scharf! «

Carla gab dem Jüngeren einen Wink.

Der riss Jan, der immer noch wie betäubt da stand, zu Boden. Carla zückte einen Injektor und spritzte Jan etwas in den

Hals.

Bevor der noch richtig wusste was mit ihm geschah, begann ihm der Kopf zu dröhnen.

» Was soll das? Warum wollen Sie mich umbringen! « lallte er mit schwerer Zunge.

» Nicht töten! Ich schütze Sie! «

Um Jan herum wurde es dunkel als läge er in einem Tunnel.

Gerade noch sah er, wie die Stahltür zerbarst und schwarz gekleidete Soldaten hereinstürmten. Die Salven aus den Maschinenpistolen trafen Carla und ihre beiden Begleiter. Überall um ihn herum vermischten sich Blut und die Trümmer der Computer.

Dann verlor Jan das Bewusstsein.

- - -

Jan erwachte aus einem tiefen Schlummer. Er lag in einem warmen, weichen Bett und fühlte sich pudelwohl, wenn auch ein wenig müde.

Er sah sich lächelnd um. Durch das Fenster des Krankenzimmers schien rosig die Sonne herein. Neben seinem Bett standen zwei Männer. Einer davon hatte ein spitzes Gesicht das Jan entfernt bekannt vorkam. Beide trugen Anzüge und machten ernste Mienen.

» Ich komme vom Amt für Staatschutz. Wir werden Sie jetzt wohl erschießen müssen! «

Jan lächelte ihn freundlich an. Ihm war so leicht ums Herz. Ein wenig wunderte er sich, dass er überhaupt keine Angst empfand.

» Aus welchem Grund sollten Sie das tun? «

Eine warme Welle der Sympathie durchströmte Jans Brust.

Irgendetwas in seinem Unterbewusstsein rief » Drogen! «

Doch Jan beunruhigte dies nicht im Mindesten.

» Ich will Ihnen das gerne erklären. Wissen Sie noch, was Sie mit dem Speicherchip gemacht haben, den Sie aus dem Lieferwagen gestohlen haben? «

» Speicherchip? Lieferwagen? «

Jan zermarterte sich das Gehirn.

Nur zu gerne würde er diesen freundlichen Leuten helfen. Doch er konnte sich einfach nicht erinnern, in letzter Zeit mit so etwas zu tun gehabt zu haben.

» Sagt Ihnen der Name Carla etwas? «

Auch hier musste Jan passen.

Er kratzte sich am Kopf und merkte, dass er bandagiert war. Auch seine rechte Hand steckte in einer Bandage, aber es tat ihm nichts weh.

» Scheiße! « sagte einer der Männer.

Jan rümpfte über dieses Wort missbilligend die Nase.

Das waren doch so nette Leute. Doch irgendwie regte es ihn überhaupt nicht auf. Wohlig und zufrieden lehnte er sich auf sein Kissen zurück und schloss die Augen.

» Scheiße! Die haben ihm Amnesin gespritzt. Er hat alles aus der letzten Woche vergessen. Wir können mit ihm machen was wir wollen. Selbst wenn wir ihn in Stücke schneiden käme dabei nichts Vernünftiges heraus. Die Ärzte haben ihn voll Drogen gepumpt. Wüsste er irgend etwas, dann würde er sich überschlagen, um uns freiwillig alles zu erzählen. Doch da ist nichts mehr. Er hat alles vergessen! «

» Also können wir ihn hinrichten! Vielleicht schreckt das die anderen Terroristen ab! «

Sein Begleiter winkte nur müde ab!

» Das ist doch genau das, was die wollen! Unser Gewährsmann hat uns davor gewarnt. «

» Die Verräter haben die Pläne der Anlage im ganzen Netz verteilt. Sie haben dazu einen modifizierten Virus benutzt. Es funktioniert wie bei einem Schneeballsystem aber vollkommen anonym. Die Daten bleiben verborgen, bis das Osterei schlüpft. Wir können die Speicherserver nicht aus dem Verkehr ziehen, denn die meisten davon kennen wir nicht einmal. Eine ganze Menge steht auch im Ausland. «

» Wenn wir den Spezialisten der Gruppe verhören könnten, wären die Speicherwege vielleicht nachvollziehbar. Doch der ist tot. Ihre Revolverhelden haben bei dem Zugriff die ganze Bande zusammengeschossen und er hat die Daten vorher gelöscht! Dieser Opa hier hat Gedächtnisschwund und ist für uns ebenfalls nutzlos! Es ist zum davon laufen! «

» Dann sollten wir ihn hinrichten, damit kein Zeuge übrigbleibt! Was hindert uns daran? «

» Weil er der Zünder ist! Unser Gewährsmann hat uns gewarnt. Die Terroristen haben das ganz raffiniert eingefädelt!

» Wenn dieser Kerl hier stirbt, so wird das überall im Netz vermerkt. Es gibt einen Polizeibericht, die Rentenstelle, die Krankenversicherung, die Hausverwaltung und was weiß ich wer noch bekommen Bescheid. Alle haben Daten darüber, alle haben Computer und die sind alle vernetzt. «

» Wir können einfach nicht alle Informationen abfangen und unterdrücken. An irgendeiner Stelle sickert die Nachricht durch. Es ist unvermeidlich! Eines der Agentenprogramme der Verräter wird das mitbekommen und dann platzt die Bombe! «

» Wir kennen die Details nicht, doch eins wissen wir genau: Erschießen wir diesen Kerl hier, so wird kurz darauf überall auf der Welt die Information zu Phase drei freigesetzt. «

» Das ist der einzige Grund weswegen sie ihn haben überleben lassen. Nur deswegen! Sie wollten das so! Wir selbst sollten es sein, die die Beweise an die Öffentlichkeit bringen. Es funktioniert wie eine riesige logische Bombe. Und er ist ihr Zünder! «

Sein Begleiter nickte wissend.

» Und wenn das passiert, dann landen auch wir vor einem Hinrichtungskommando oder wir werden zu Schweinefutter verarbeitet! «

» Wir müssen die Angelegenheit so lange wie möglich hinziehen. Das hat bisher immer funktioniert. Wenn wir lange genug warten, sickert an anderer Stelle etwas durch. Irgendwann gewöhnen sich die Leute an die Idee und dann regt sich niemand mehr darüber auf. In ein paar Jahren wird die Veröffentlichung keine Explosion der Entrüstung mehr erzeugen sondern nur noch ein laues Lüftchen. Ein Teil der Leute wird es glauben, ein anderer Teil nicht! «

» Doch wenn wir den Kerl jetzt hinrichten, dann wird die Information automatisch glaubhaft. Er wird dann zu einer Art von Märtyrer. Um das zu verhindern, müssen wir genau das Gegenteil von dem tun, was die Terroristen von uns erwarten. «

» Ich schlage deshalb vor, wir danken dem Kerl öffentlich für seinen selbstlosen Einsatz. Dann geben wir ihm irgendeine unbedeutende Stelle beim Staatsschutz und versetzen ihn in die südliche Provinz. Dort kennt ihn niemand und er hat dort auch keinen Rückhalt. Er bekommt ein kleines Häuschen und einen Senioren-Titel. «

» Dann gehört er zum Establishment und niemand aus der Szene wird ihm mehr etwas glauben. Damit wird alles, was mit ihm in Verbindung steht automatisch ebenfalls unglaubwürdig. «

» Ja? Und dann? «

Sein Begleiter zuckte mit den Schultern.

» Nun denn! In ein paar Jahren kräht kein Hahn mehr nach der ganzen Geschichte. Dann können wir ihn gefahrlos wiederverwerten. «

» Recycling lebt schließlich vom Mitmachen! «

Sniper

Im Lagezentrum auf Ebene sieben im vierten Untergeschoss des Pentagon herrschte elektronische Schummrigkeit.

Es war bereits kurz nach zwei Uhr in der Nacht und der Operator überprüfte wohl zum hundertsten Male die Systeme und das Bild, das über die Satellitenstrecke um den halben Erdball gereist war.

Die Infrarot-Darstellung war einfach exzellent. Die Qualität war mehr als ausreichend, um das Ziel zu identifizieren und für den Beschuss mit Lenkwaffen zu markieren. Den Rest würde dann die ausgefuchste Software erledigen.

Der General telefonierte bereits seit über einer Stunde mit der Führungsebene.

» Ja, Sir! Der Computer bestätigt das Ziel. Die DNA-Analyse des Subjektes ist positiv. Ebenso reagiert das Ziel auf die richtige Telefonnummer. Wenn wir Erfolg haben wollen, dann müssen wir jetzt zuschlagen oder aber abbrechen. «

Obgleich der Verteidigungsminister das nicht sehen konnte zeigte er mit der Hand auf den Master-Bildschirm.

Dort war gerade eine Box aufgetaucht auf der lapidar das Wort »Execute? « stand, darunter die unvermeidlichen Knöpfe [OK] und [ABORT].

» Sir, ich fürchte ich brauche Ihre Entscheidung jetzt sofort! «

Dem General war klar, dass diese simplen Worte im Oval

Office eine leidenschaftliche Diskussion auslösten. Dort konferierten der Präsident mit dem Verteidigungs- und Außenminister, und selbstverständlich war auch der Stabschef dabei.

Der Schwarze Peter für den ersten heißen Einsatz der nagelneuen Kampfdrohnen mit dem schlichten Namen »SNIPER« lag nun einmal beim Präsidenten in seiner Eigenschaft als Oberkommandierendem.

Im Lagezentrum lauschte der General in den Hörer.

» Jawohl, Sir! Verstanden! Wir starten die Operation. «

Dann nickte er dem Operator zu.

» Wir haben die Freigabe! Benutzen Sie die Bleistift-Flugkörper! Chirurgischer Angriffsmodus. Priority- und Fail-Safe-Option! Ausführung! «

Der Schirm des automatischen Zielsystems zeigte Infrarotaufnahmen vom Inneren des Gebäudes, in dem sich das Ziel gerade aufhielt. Es kam von GI JOE, wie die Spezialisten diese spezielle Drohne in Anlehnung an den bekannten Comic getauft hatten.

JOE agierte so ähnlich wie ein Unteroffizier und war damit verantwortlich für denn Rest der Staffel, die aus elf voll bewaffneten, automatischen Flugkörper bestand und ungefähr zwanzig Meilen entfernt fächerförmig auf den Ort in der Wüste zu flogen.

Auch JOEs elektronische Freunde sandten ihre Bilder ins nächtliche, kalte Washington. Hunderte kleiner grün eingefärbter Silhouetten menschlicher Körper erschienen im Fokus ihrer Zielsysteme, von Autos und Lastwagen, alles säuberlich geordnet und klassifiziert.

Jeder der Flugkörper besaß vier Luft-Luft-Raketen, die sich aber jederzeit auch auf Bodenziele umleiten ließen. Darüber hinaus besaß jeder noch zehn der winzigen Raketen, die der General als »Bleistifte« bezeichnet hatte.

Der Bildschirm von JOE zeigte allerdings eine Besonderheit. Eine einzige menschliche Kontur war darauf in blutroter Farbe dargestellt und das war eigentlich schon selbsterklärend genug.

Der Operator kannte weder den Namen des Ziels, noch was dieser Kerl eigentlich verbrochen hatte. Alles was er wusste war, dass das Subjekt in der Datenbank der meistgesuchten Terroristen weit genug oben stand, damit die SNIPER-Drohnen nach ihm Ausschau gehalten hatten. Nun hatten sie ihn entdeckt, bis hierher verfolgt und festgenagelt.

Der Operator sah den General noch einmal fragend an, wartete auf das Nicken und schob dann den Mauszeiger auf das Ziel. [OK]. Klick!

Just in diesem Moment fiel das Bild aus. Genauer gesagt ersetzten plötzlich grobe farbige Klötzchen die zuvor so detailreiche Infrarot-Aufnahme.

» Scheiße! Das Interface zum Satellitennetz ist gerade abgestürzt! «

Der General sah den Operator ob seines Gefühlsausbruchs missbilligend an.

» Wurde der Auftrag erfüllt? «

Der Operator zögerte mit einer Antwort.

» Die Knoten booten noch. Wir brauchen bestimmt noch zwei Minuten bis wir wieder On-Line sind. JOE hat den Auftrag erhalten. Ich denke, er sorgt jetzt alleine dafür, dass er ausgeführt wird. «

In Wahrheit war er sich dessen überhaupt nicht sicher.

Ihm war nämlich so, als hätte er im Moment des Zusammenbruchs gerade noch gesehen, wie plötzlich alle Zielanzeigen auf den Bildschirmen von Grün auf Rot gewechselt hatten.

\- - -

Etwa um dieselbe Zeit, allerdings neun Zeitzonen weiter östlich saß der Operator im Feldlager des Deutschen Kontingents vor seinen Konsolen und beobachtete die Flugbahn der vier SNIPER-Drohnen, die Deutschland von den U.S.A. geleast hatte.

Der Job war für den Operator gleichermaßen interessant wie eintönig. Interessant, weil er jede Menge an High-Tech unter seinen Fingerspitzen hatte, und eintönig, weil eigentlich alles vollautomatisch ablief.

Unter seinen Kameraden nannte man das den Stress-Arbeitsplatz.

Man hatte hier eigentlich nichts zu tun, musste aber ständig darauf lauern, ob nicht vielleicht doch etwas schief ging. Das war bisher aber nie der Fall gewesen und der Operator hatte sich daran gewöhnt, dass die Systeme korrekt funktionierten.

ANNA, die Führungsdrohne tauschte mit ihren Schwestern BERTA, CLARA und DORA ständig Informationen über ihren Kurzstreckenfunk aus. Die Schwarmintelligenz, so dachte er, ist einfach eine Wucht.

Die vier Vögel flogen fest vorgegebene Routen ab, denn ihr derzeitiger Auftrag bestand in der Aufklärung. Sie sollten feststellen, ob es irgendwo unerwartete Ansammlungen von Fahrzeugen oder Personen gab - ein untrügliches Zeichen, dass sich dort gegnerische Kräfte zusammenzogen. Patrouillenflüge durchführen zu können ohne dabei Menschen zu gefährden, das war schon ein riesiger Fortschritt, dachte der Operator.

Nur wunderte er sich darüber, dass die Drohnen nicht aufmunitioniert waren wie bei seinen amerikanischen Kameraden. Die frozzelten ständig darüber, denn ihre eigenen SNIPER waren auf jedem Flug mit Waffen behängt wie Arnold Schwarzenegger im Film »Commando«.

Der Operator gähnte verhalten. Dann schaute er auf den Statusbildschirm, gerade rechtzeitig um zu sehen, wie dort die Steuerungselemente erloschen und stattdessen der Schriftzug erschien:

» Control source transferred to: JOE «

Es dauerte ein paar Sekunden, bis ihm klar wurde, dass er gerade die Steuerungsgewalt über seinen Vogelschwarm verloren hatte.

Er wusste, dass alle Daten, Aufklärungsergebnisse und die Steuerung 'seiner' Drohnen über das amerikanische Satellitennetz und die Server in Washington liefen. Offensichtlich hatte soeben dort jemand beschlossen ANNA und ihre Schwestern zu annektieren.

Erfolglos tippte er ein paar Befehle in die Konsole ein, dann nahm er den Hörer ab.

» Herr Oberst! Hier gibt es ein Problem, das Ihre Anwesenheit erfordert! «

Inzwischen bogen die kleinen Pfeilchen, die die Flugbahnen der vier Drohnen auf der Landkarte anzeigten, nach Süden ab. Wie gut ausgebildete Piloten einer Staffel sammelten sie sich und flogen in Viererformation zurück in Richtung auf das Feldlager.

Inzwischen war der Oberst eingetroffen. Sein Gesicht durchlief erwartungsgemäß alle Phasen von Ärger über die Störung, Unglauben und Staunen. Dann kniff er die Augen zusammen und riss das Telefon an sich.

» Wachkommando! Lösen Sie Luftalarm aus. «

Und zum Operator gewandt fügte er hinzu:

» Beobachten Sie weiter! Ich informiere den General! «

Inzwischen hatten sich die vier Flugkörper in der Anflugzone der Feldpiste gesammelt und auf das Mikrowellen-Landesystem der Bahn aufgeschaltet.

Wie Perlen an der Schnur begannen die Drohnen ihren Landeanflug.

Mit zeitlichem Abstand von exakt neunzig Sekunden setzten sie nacheinander auf der Piste auf und rollten zum Hangarbereich.

Dort warteten sie in einer Reihe wie geduldige Autofahrer vor einer Zapfsäule.

Dahinter steckte wie der Operator wusste weder Magie noch ein technisches Wunder. Es war einfach nur der Stand der Technik.

Auch Piloten moderner Verkehrsmaschinen brauchten nur den Code für Platz und Landebahn in den Bordrechner einzutippen und das Flugzeug führte daraufhin alle zum Anflug notwendigen Manöver selbsttätig aus. Und automatische Landungen gab es bereits seit vielen Jahrzehnten. Die Rollwege am Boden hatte er sogar selbst programmiert.

Aber richtig wohl fühlte er sich nicht. Irgendjemand - und zwar nicht er selbst - hatte die ursprüngliche Mission abgebrochen und die Rückkehr zur Basis angeordnet. Zwar waren dazu nur wenige Befehle nötig, aber…

Da tauchte auf der Statuskonsole plötzlich ein weiteres Fenster auf:

```
Missionsparameter wurden überschrieben!
Neue Aufgaben sind:

1) Flugkörper betanken

2) Flugkörper aufmunitionieren / Maxi-
   male Missionsdauer / Priorität!
```

Dem Oberst lief ein kalter Schauer über den Rücken.

Die gleiche Anweisung wurde auch auf dem Terminal im Hangar angezeigt und die trainierten Spezialisten würden sich sogleich an die Ausführung machen.

Er riss den Telefonhörer an sich.

» Hangarbesatzung! Es liegt eine Störung vor. Flugkörper nicht - ich wiederhole - nicht betanken. Zieht ihnen den Stecker heraus! Rasch! Legt die Systeme lahm! «

Es dauerte ein paar Sekunden, bis er eine Antwort erhielt.

Ungehalten drehte er sich zu dem Operator um.

» Warum zum Teufel haben Sie die Triebwerke noch nicht abgeschaltet! «

Der Operator zeigte auf seine Konsole.

» Das habe ich versucht, Herr Oberst. Es geht nicht. Wir haben keine Kontrolle mehr über das Gerät! «

Plötzlich änderten sich die Anzeigen erneut.

» `Angriff durch Bodentruppen erkannt!` «

» `Notstart eingeleitet!` «

Mit großen Augen und noch bevor ihm die Absurdität seiner Worte selbst so richtig klar war hauchte der Operator:

» Sie haben etwas gemerkt! Sie wollen türmen! «

Der Oberst verzog sein Gesicht und bellte ins Telefon.

» Wachkommando! Zerschießen Sie die Reifen! Ach was! Zerschießen Sie einfach alles! Nur sorgen Sie dafür dass diese Biester am Boden bleiben. «

Der Operator schloss seine Augen.

Niemals wieder würde er sich darüber beschweren, dass

seine Drohnen ohne Bewaffnung flogen.

Außerdem war er unglaublich erleichtert darüber, dass bei ANNA und ihrer Staffel die Sprengladungen zur Selbstvernichtung noch gar nicht eingebaut waren.

- - -

Es war kurz nach sechs Uhr in der Früh im Ortsteil Woodland Normastone in Washington DC. In dem hübschen Haus in altenglischem Stil mit sechs Schlafzimmern und was sonst noch zu einem standesgemäßen Domizil gehörte hatte der Tag noch nicht begonnen.

Jack W. Baeumler drehte sich noch einmal wohlig in seinem Bett herum, als plötzlich vor dem Haus Reifenquietschen ertönte und durch das Fenster die unmissverständlichen rot-weiß-blauen Blitze von Polizeiwagen zuckten.

Rasch sprang er auf, riss den Morgenmantel vom Stuhl und wankte nach unten in die Eingangshalle.

Dort hatte sich bereits Johann der Agenten des FBI angenommen. So alt der Butler auch erscheinen mochte, so knallhart vertrat er seine Position.

»Es tut mir aufrichtig Leid, Sir! Doch so lange Sie keinen Durchsuchungsanordnung oder einen Haftbefehl vorweisen können darf ich Sie nicht einlassen! «

» Was ist hier los? «

Baeumlers Abgeordnetenstimme wollte so früh am Morgen noch nicht recht donnern, doch verfehlte sie trotzdem ihre Wirkung nicht.

» Wir sollen Ihren Sohn zu einem Verhör bringen! «

» Die Anschuldigung? «

» Tut mir Leid, Sir! Das betrifft die nationale Sicherheit! «

» Praktisch alles was in diesem Haus gesprochen wird betrifft die Sicherheit unseres Landes. Wie Sie wissen bin ich Mitglied des Repräsentantenhauses und Vorsitzender des Sicherheitsausschusses. «

Der FBI-Agent wurde unsicher und murmelte.

» SNIPER… Softwarefehler…«

Baeumler schüttelte milde den Kopf und fuhr mit jovialer Stimme fort.

» Zerbrechen Sie sich darüber nicht den Kopf! Ich rufe jetzt Ihren Direktor an. Wenn es etwas mit SNIPER zu tun hat, dann wird das heute sowieso ein langer Tag. Ich danke Ihnen, dass Sie mich so zeitnah informiert haben! «

Er gab seinem Butler einen Wink und der schloss die Tür vor der Nase der Agenten.

» Johann! Bitte wecken Sie meinen Sohn. Ich werde erst einmal nachforschen, was da in Wahrheit geschehen ist. «

- - -

» Das ist völlig ausgeschlossen, Dad! Die Dinger könnten das zwar rein technisch, doch die Auftragsmatrix …«

William B. Baeumler verhedderte sich und verstummte. Sein Vater lächelte.

Sein Sohn war ein brillanter Softwareentwickler, passte aber äußerlich so gar nicht in das landläufige Klischee. Gut situiert, sportlich und braungebrannt wäre er jederzeit als junger Anwalt durchgegangen.

Mit ein klein wenig Hilfe einflussreicher Parteifreunden hatte ihm sein Vater diesen lukrativen Auftrag beschafft.

Aber alles was sein Sohn entworfen hatte war später von Horden von Qualitätsmanagern überprüft und letztendlich auch für gut befunden worden – und zwar ohne dass er oder jemand anderes dies beeinflusst hätte. In der Tat galt Bill in der Szene inzwischen als kompetenter Fachmann. Damit hatte weder er noch Bill sich etwas vorzuwerfen.

» Lass gut sein! Du bist heute Mittag als Spezialist vor einen Ausschuss geladen. Mr. Meyer wird dich begleiten. Ich habe das bereits klar gezogen. Das wird nicht beanstandet werden. «

Der angesprochene war Juniorchef der renommierten Anwaltskanzlei Meyer, Meyer & Meyer, die bereits in der dritten Generation für die Familie Baeumler tätig war.

Der Anwalt lächelte Bill aufmunternd an.

» Sie haben nichts zu befürchten! Es geht nur um die Fakten! Sie müssen nur ruhig und entspannt bleiben. Sagen Sie einfach nichts. Ich spiele Ihnen die Bälle zu. Sie werden sehen, dann gibt es kein Problem. «

Der Anwalt stand auf.

» Gut! In zwei Stunden geht es los! «

- - -

Das FBI hatte die Beiden wie vereinbart abgeholt und zu einem Seitentor des Pentagon gebracht.

Inzwischen war der Vorfall in der Wüste bis zur Presse vorgedrungen. Nun belagerten die Reporter das Haupttor und warteten auf eine Verlautbarung aus dem Ministerium.

Und das aus gutem Grund. Im Rahmen einer bislang geheim gehaltenen Militäroperation war bei einem Luftangriff eine ganze Ansiedlung quasi pulverisiert worden. Mehr als fünfhundert Tote waren zu beklagen.

Vom Pentagon und vom Weißen Haus gab es noch keine Statements.

Die wenigen Insider, die den Vorfall am Bildschirm miterlebt hatten wussten aber, dass es noch viel schlimmer hätte kommen können. Wäre es den Technikern nicht gelungen wieder eine stabile Kommunikationsverbindung zwischen Drohnen und der Leitstelle aufzubauen, dann wären JOE und seine Staffel auf ihrem Kurs weitergeflogen und hätten am Boden alles niedergemäht wie Mähdrescher auf einem Weizenfeld in Kansas.

Bill Baeumler war inzwischen völlig ruhig. Hier, abseits des Haupteingangs des Pentagon sah alles aus, wie in jedem anderen Behördengebäude auch. Nach den unvermeidlichen Sicherheitschecks ging es schließlich in einem Aufzug nach unten zu den sicheren Besprechungsräumen.

Dort war bereits die Crème de la crème versammelt.

Bill erkannte den Projektleiter und den General, der das Vorhaben militärisch betreute. Natürlich hatten auch die anderen am Drohnenprojekt beteiligten Software-Firmen und der Hauptauftragnehmer des Systems ihre Vertreter gesandt.

Der Projektleiter blickte nicht von seinen Unterlagen auf als er zu sprechen begann.

» Wir sind hier zusammengekommen, die Ursache des katastrophalen Softwarefehlers...«

Bill Baeumler zuckte zusammen. Sein Anwalt hingegen lächelte und unterbrach den Redefluss des Projektleiters. Mit bester Gerichtssaalstimme hielt er dagegen.

» Es tut mir leid. Wir dürfen das Problem nicht auf ein Software-Thema reduzieren. «

» Aber was soll es denn sonst...«

» Das herauszufinden ist die Aufgabe dieses Ausschusses. Wenn Sie nichts dagegen haben, dann sollten wir uns zunächst den gesamten Ablauf der Geschehnisse anschauen. Sonst verschwenden wir nur unnötige Zeit. Ihre Leute haben die Daten doch bestimmt bereits aufbereitet...«

Meyer lächelte und der Projektleiter wand sich wie ein Aal.

»... und ich vermute, sie haben dabei keine Spur eines wirklichen Fehlers gefunden! Das ist doch richtig, oder? «

Der Projektleiter machte eine unbestimmte Geste.

» Gut! Wenn alle damit einverstanden sind...«

Niemand hob den Blick. In einer solchen Runde ist Unauffälligkeit die erste Wahl, sonst hatte man – mir nichts, dir nichts – den Schwarzen Peter am Hals.

» Wir hatten den Auftrag zur Eliminierung von...«

» Das ist vertraulich! « rief der General dazwischen.

» Entschuldigung! Der Operator hatte das Ziel fixiert und war bereit, den Feuerbefehl zu geben! «

An der Stirnwand tauchen die Kopien der Bilder auf, wie sie sechs Stunden zuvor über die Schirme geflimmert waren. Ein einzelnes knallrotes Menschlein umgeben von vielen grünen Figuren.

Bill fasste sich ein Herz.

» Mit welchen Systemen hatten sie ihn identifiziert? «

» Mittels DNA-Scan und zusätzlich durch einen Telefonanruf. Die Nummer haben wir von...«

Der General blitzte ihn wütend an.

» Diese Information ist ebenfalls vertraulich! «

Der Projektleiter zuckte hilflos die Schultern.

» Äh, ja! Also gleich darauf ist dann...«

Der Anwalt lehnte sich zurück und unterbrach mit sanfter Stimme.

» Dieser DNA-Test, wie funktioniert der denn aus einer solch großen Entfernung. «

» Die Drohne besitzt einen Laser. Fünfundzwanzig Watt, infrarot. Zehn Millisekunden Pulse. Damit dampft man ein ganz klein Wenig Substanz aus der Haut des Subjektes und über das Resonanzspektrum bekommen wir dann eine ungefähre Analyse! «

» Sauber! Wie sicher ist das Verfahren denn? «

Nun mischte sich der Vertreter des Herstellers ein.

» Ein Risiko besteht nur, wenn man genau in den Strahl blickt. Aber der ist unsichtbar. Man sieht nichts davon. Na, ja. Hinterher sieht man wahrscheinlich überhaupt nichts mehr! «

Der Anwalt malte etwas auf den Schreibblock.

» Das habe ich nicht gemeint. Mich interessiert, wie sicher die Identifikation ist. Immerhin schießen Sie ja mit Lenkflugkörpern auf das Ziel. Wenn da etwas durcheinander gerät...«

» Das ist völlig unmöglich...«

Der Vertreter des Herstellers hatte ganz offensichtlich bereits Stimmung gegen die Softwareentwickler geschürt. Verständlich, denn Systemversagen aufgrund von Programmierfehlern waren politisch einfacher zu erklären als wolle man ganze Konzepte in Frage zu stellen.

Nun mischte sich Bill ein.

» Solch ein Scan dauert insgesamt ungefähr dreißig Sekunden. Dann müssen die Daten noch für den Korrelator aufbereitet werden. Das machen normalerweise die Server in Washington. Anderthalb Megabyte hin und wieder zurück. Das ist kein Problem, aber die hatten einen Crash und... Zeigen Sie einfach die anderen Screenshots, aber langsam! «

» Da, sehen Sie. Der Feuerbefehl ist an JOE gegangen. In genau diesem Moment kam es zu dem Kontrollverlust. JOEs interne Logik hat programmgemäß übernommen. Fail-Safe. Das war ausdrücklich so gefordert! «

Der General nickte.

» Ja! Falls ein Gegner während einer Mission das Lagezentrum ausschaltet, dann wird der Auftrag trotzdem weiter ausgeführt. «

Bill kam nun in Fahrt.

» Ja! Aber als er übernahm musste JOE als Erstes die Ziele neu klassifizieren. Sicherheitsmaßnahme. So schreibt es das Lastenheft vor. Das hat er auch versucht. Doch befand sich das primäre Ziel zu diesem Zeitpunkt in einem Gebäude. JOE wollte alle Infrarotortungen im Gebäude reklassifizieren. Sehen Sie! Er hat versucht sie zu beleuchten. Hat nicht geklappt. Außerdem war das Netz noch immer down. Tja! Und dann ist da noch der Timeout... «

Bills Stimme klang aus. Der General blickte ihn fragend an und Bill räusperte sich und deutete auf den Schirm.

» Sie hatten den Prioritätsmodus befohlen! Das berechtigt JOE, zur Erfüllung der Mission Kollateralschäden in Kauf zu nehmen. Das bedeutet, dass er nach Ablauf der Wartezeit alle zuvor als 'unbekannt' eingestuften Ziele jetzt als 'feindlich' ansieht. Also geht er auch gegen sie vor! Und mit ihm der ganze Schwarm. «

Bill zuckte mit den Schultern.

» JOE hat den Auftrag exakt so ausgeführt, wie es ihm befohlen worden war. Das Problem bestand nur in einem ganz engen Zeitfenster. Wäre der Netzausfall ein paar Zehntelsekunden früher oder später aufgetreten, dann wäre vermutlich überhaupt nichts passiert! Deshalb ist das in keiner Simulation aufgefallen. «

Der General blickte ihn nachdenklich an.

» Wir hatten über beinahe dreißig Minuten keine stabile Übertragung über das Netz. Es gab immer wieder Aussetzer, nur extrem niedere Bandbreite war möglich. Als die COMNET-Gruppe die Satelliten wieder im Griff hatte war der Spuk beseitigt. Ich fürchte, das ist kein Fehler. Das ist etwas Prinzipielles…«

Diese Richtung behagte dem Vertreter des Generalunternehmers überhaupt nicht. Also versuchte er das Gespräch wieder auf ein anderes Gleis zu heben.

» Hm! Möglich! Aber wie konnte JOE die Vögel der Deutschen kidnappen? «

» Er hat nichts gekidnappt. Die deutschen Drohnen sind geleast. Alle Daten laufen über unsere Server. Gerät ein Vogel in Stress dann startet er einen Rundruf, wer ihm helfen kann. Schwarmintelligenz. Er braucht dazu nur wenige Daten. Diese Funktion war ausdrücklich so gefordert. JOE lief zu diesem Zeitpunkt im Prioritätsmodus. Er hatte eine Vielzahl von Zielen vor sich. Also hat er sich alle Ressourcen gegriffen, die er bekommen konnte. «

» Ja, aber die deutschen Drohnen sind doch von selbst gelandet, gestartet und…«

» Das machen die Dinger doch völlig autonom. Wir landen und starten die Vögel ja auch nicht mehr von Hand. Wir sagen einfach 'komm her', dann kommen sie angerauscht. Wir sagen 'lande', na ja. Sie haben das sicher verstanden. Geht alles automatisch. Für jedes dieser Manöver braucht man nur den passenden Auftrag zu geben. Das sind nur kurze Datensätze. Den Rest machen sie autonom. Die paar lausigen Byte sind immer durch das Netz gegangen. «

» Und die Störung selbst? Sabotage? Hacker? «

Der Projektleiter winkte müde ab.

» Nein! Irgendein Netzteil in irgendeinem Uplink-Router. Nicht ganz kaputt, aber der Strom ist immer wieder kurz weggeblieben. Dann hat der Router neu gebootet. Bis danach wieder alles synchron war hat es jedes Mal ein paar Minuten gedauert. Die Leute haben es laufen lassen bis das Ersatzgerät greifbar war. Wie sie glaubten war ja nur die Performance eingeschränkt. Blöde Sache, dass das gerade in diesem Augenblick passierte! «

Es folgte ein langes Schweigen. Dann meldete sich der General wieder zu Wort.

» Gut! Das also ist geschehen! Gibt es eine technische Lösung? «

Niemand antwortete. Die Aktion der bewaffneten SNIPER hatte immerhin gerade fünfhundert unschuldigen Menschen das Leben gekostet.

Der Vertreter des Herstellers rieb sich die Stirn.

» Das Vorhaben einzustellen wäre Wahnsinn. Wir können nicht alles einfach so wegwerfen. Denken Sie doch einmal nach. Die Entwicklungskosten, die fünfzig Prototypen.

Gutachten, Studien, Beraterhonorare, was immer sie wollen. «

» Und was ist Ihr Vorschlag? «

» Ich glaube, wir brauchen für das Baby vor allem erst einmal einen neuen Namen! «

- - -

Aus einer Presseverlautbarung, welche vorab im Internet kursierte.

> » Durch den Einsatz bewaffneter Drohnen werden die gegnerischen Kräfte einer andauernden und für sie nicht vorhersehbaren Bedrohung ausgesetzt und damit in ihrem Handlungsspielraum eingeschränkt. Das neue autonome SHERIFF-Waffensystem, welches alle Erkenntnisse aus den Vorgängersystemen auf effizienteste Weise auf sich vereint, bietet sich in ganz besonderer Weise an, diese Ausrüstungslücke zu füllen! «

Die Glaspyramide

» Hoffentlich wird das nicht wieder so eine langweilige Party! «

Dr. Phillip Clay steuerte seinen Wagen die lange Einfahrt zum Haus in Gloucester hinauf. Robert Parker, der an der Ostküste eine Chemiefabrik leitete, hatte ihn heute Abend zu sich eingeladen.

Es war ein nasskalter Novembertag und der Regen missfiel ihm, denn er hatte in den letzten Wochen die trockene Hitze der ägyptischen Wüstenregion kennen und schätzen gelernt.

Phillip, ein gebürtiger Engländer, war Teilhaber an einem amerikanischen Unternehmen, das sich auf die Entwicklung von lasergestützten Analysatoren spezialisiert hatte. Die Produkte wurden hauptsächlich in der Forschung und im Umweltschutz eingesetzt.

Manchmal aber auch zu recht exotischen Anwendungen, wie zum Beispiel bei der Vermessung historischer Ausgrabungsstätten.

» Hallo Phil « begrüßte Bob den Neuankömmling. » Komm', setz dich zu uns. «

Er stellte Phillip seinen Gästen vor.

» Du siehst aus, als ob du etwas Warmes gebrauchen könntest. Wie wir hörten, hast du ja ein schönes Ding erlebt, in Ägypten! «

» Ach. So aufregend war das auch nicht gewesen. «

» Doch, doch, erzählen Sie bitte. «

Auch Bobs Begleiter waren nun Feuer und Flamme. Schließlich bot sich die Chance dem eher langweiligen Smalltalk zu entkommen und dabei vielleicht noch eine interessante Geschichte zu hören.

» Nun gut, ihr lasst mir ja sonst doch keine Ruhe! «

Und so begann Phillip zu erzählen.

- - -

» Ihr kennt vielleicht Professor Charleston, den britischen Archäologen. Nun, Charlestons Team benutzt häufig Laser-Equipment aus unserem Hause. Leider hatten sie auf ihrer letzten Expedition massive Probleme damit bekommen. Da wir als kleines High-Tech-Unternehmen sehr auf unseren guten Ruf bedacht sind und meine Arbeit in Rom abgeschlossen war, bin ich gleich weiter nach Kairo geflogen, um mir das Ganze selbst anzusehen. «

Lucy Simmons hatte mich selbst vom Kairo International Airport abgeholt. Sie studierte Archäologie bei Professor Charleston und gehörte als seine Assistentin zur Expedition.

Charleston führte zusammen mit Kollegen aus Kairo Ausgrabungen im Wüstengebiet östlich des Nils durch.

Lucy war erst fünfundzwanzig Jahre alt, hatte aber bereits eine Menge an Erfahrung mit Expeditionen dieser Art gesammelt. Vor allem besaß sie ein großartiges Organisationstalent und viel Geschick mit den örtlichen Behörden und

Hilfskräften umzugehen. Der Professor hielt große Stücke auf sie. Ihr Traum war es einmal selbst so eine Expedition zu leiten.

Der Jeep, mit dem sie mich vom Flugplatz abholte sah schon recht mitgenommen aus. Doch er war voll gepfropft mit jeder Menge Technik. Hinter der Rückbank war ein Verhau aus Geräten und Kabeln, so dass ich Mühe hatte meine Koffer unterzubringen Lucy lachte als ich die Computer und Funkanlagen neugierig betrachtete.

» Das sind Pierres Spielzeuge. Vor allem das Satelliten-Terminal! Er hat vor einer Woche den Satellitenlink des Instituts zum Web-Surfen benutzt. Da hat es einen Riesenkrach mit dem Professor gegeben. «

Auch ich musste jetzt lachen. Pierre Legrand war der Sohn eines meiner Geschäftsfreunde aus Europa. Er war sechzehn Jahre alt und hatte den sehnlichsten Wunsch geäußert, einmal an einer Ausgrabungsexpedition teilnehmen zu dürfen. Ich hatte auf Bitten seines Vaters den Kontakt zu Lucy hergestellt und sie wiederum hatte Charleston überredet, Pierre nach Ägypten mitzunehmen.

Wie Lucy erzählte, hatte Charleston seinen Entschluss nicht bereut. Pierre hatte sich als äußerst geschickt darin erwiesen die computergesteuerten Vermessungs- und Kommunikationsgeräte in Schuss zu halten, auf die moderne Expeditionen nun einmal angewiesen sind.

Charlestons Gruppe war mit den Ausgrabungsarbeiten gut vorangekommen, als plötzlich ein Vertreter des örtlichen

Militärs mit einem Wunsch an den Professor herangetreten war. Man erzählte ihm, dass einige Tage zuvor in einem abgelegenen Gebiet etwa siebzig Kilometer östlich der jetzigen Ausgrabungsstätte ein Meteorit eingeschlagen wäre, an dem man stark interessiert sei.

Niemand aus den offiziellen Kreisen wollte sich richtig dazu äußern, doch hinter vorgehaltener Hand war zu hören, dass die Behörden eher an den Absturz eines ausländischen Überwachungssatelliten glaubten. Die Suchtrupps der Militärs hatten bisher nichts gefunden, und die Verantwortlichen hofften jetzt, mit Hilfe von Charlestons Ausrüstung den genauen Ort des Aufschlags lokalisieren zu können.

Zunächst war der Professor ziemlich verärgert gewesen. Doch da Expeditionen in der Regel auf die Unterstützung der örtlichen Behörden angewiesen sind, konnte er sich der höflich vorgetragenen Bitte letztendlich nicht entziehen.

Nach einigem hin und her hatte Professor Charleston schließlich einen Vermessungstrupp losgeschickt. Der Trupp war mit einem Laser-Analysator ausgerüstet und hatte den Auftrag, in dem von den Behörden genannten Gebiet nach Spuren des Absturzes zu suchen.

Das Team war in der zerklüfteten Felsregion des Ostens schließlich auf ein unzugängliches Tal gestoßen, in dem sie den Absturzort vermuteten. Doch als die Leute die Vermessung mit dem Laser-Analysator fortsetzen wollten, hatten sie nur unsinnige Daten erhalten.

Sowohl die Behörden des Gastlandes als auch Charleston

und seine Crew waren darüber ziemlich sauer. Sie gaben natürlich unserem Gerät die Schuld und ärgerten sich über die verlorene Zeit. Schließlich hatte Lucy mich alarmiert und gebeten, mich persönlich der Sache anzunehmen um die Dinge richtig zu stellen.

Ich war allerdings aus den Erklärungen des Messteams nicht recht schlau geworden. Das Instrument schien nämlich nur an eben diesem Ort Messfehler zu produzieren. Überall sonst funktionierte es einwandfrei. Deshalb vermutete ich hinter den Problemen auch Bedienungsfehler oder andere natürliche Ursachen. Jedenfalls keinen Gerätedefekt.

Glücklicherweise hatte ich aus Rom ein nagelneues Zweifrequenz-Interferometer mitbringen können, das ich zur weiteren Untersuchung verwenden wollte. Lucy hatte das Instrument bereits am Vortag vom Flughafen abholen lassen.

Wir fuhren also von Kairo zum Hauptlager der Expedition, wo wir Professor Charleston treffen sollten. Lucy machte ihre Rolle als Fremdenführer sichtlich Spaß. Zwar passte sie mit ihrer Jeansjacke und dem blonden Pferdeschwanz so gar nicht in die von Männern dominierte Kultur dieses Landes. Doch sie hatte sich rasch an die örtlichen Gepflogenheiten angepasst und sich ihren Platz im Expeditionsteam erkämpft. Sie sprach die Landessprache fließend und übersetzte mir die lokalen Nachrichten, die aus dem Radio kamen.

Die Nachrichten aus Kairo drehten sich heute hauptsächlich um einen dreisten Überfall auf einen Lohngeldtransport.

Bewaffnete Männer ausländischer Herkunft hatten das Transportfahrzeug mit Waffengewalt gestoppt, sich die Geldsäcke geschnappt und waren schließlich mit einem geländegängigen Lastwagen geflohen. Seitdem waren sie verschwunden.

Lucy fluchte wenig damenhaft. Sie befürchtete, dass irgendein Beamter auf die Idee kommen könnte, auch ihre Expeditionsausrüstung zu untersuchen. Jeder behördliche Eingriff, ob nun berechtigt oder unberechtigt, bedeutete in einem solchen Land immer Ärger, Zeitverlust und unnötige Kosten.

Lucy drehte das Radio schließlich ab. Wir hatten noch einen weiten Weg vor uns, bis wir das Hauptlager der Expedition bei Al-Ghurad erreichen würden.

- - -

Am späten Nachmittag kamen wir schließlich im Lager an. Nach schier endloser Fahrt über die staubigen Pisten der arabischen Wüste hatte ich eigentlich erwartet, eine Zeltstadt wie aus dem Kino vorzufinden. Weit gefehlt! Professor Charleston hatte am Fuß des Gebirges ein regelrechtes Containerdorf aufstellen lassen. Es bestand aus sechs Fertigbaracken, einem großen Stromgenerator und einer imposanten Satellitenantenne. Über letztere konnten die Expeditionsteilnehmer telefonieren und Daten mit ihren Heimatuniversitäten austauschen.

Zelte gab es lediglich weiter oben am Berg, um die Artefakte an den Fundstellen vor dem heißen Wüstenwind zu schützen. Charleston begrüßte uns herzlich und stellte mir auch gleich die Mitglieder seines Teams vor, hauptsächlich Wissenschaftler aus Ägypten und England.

Pierre Legrand wartete auf uns im Funkraum. Er war gerade dabei an einem der Stationscomputer ein Auswerteprogramm für die Messdaten zu schreiben, die das Team von der vermeintlichen Absturzstelle mitgebracht hatte. Pierre hatte sich in den letzten Tagen intensiv mit den Theodoliten und deren Softwareanbindung beschäftigt und war ganz stolz auf seine neu erworbenen Kenntnisse. Er hatte die Instrumente versuchsweise vor der Baracke aufgebaut, konnte an diesem Ort jedoch keinerlei Fehler feststellen.

Wir diskutierten lange mit Charleston über die Abweichungen der Messdaten und die bislang unerklärbaren Widersprüche in den Berichten. Schließlich stimmte der Professor zu, uns persönlich zu der vermuteten Absturzstelle zu begleiten damit wir uns die Angelegenheit selbst ansehen konnten. Gleich am nächsten Morgen wollten wir alle gemeinsam aufbrechen.

Vor den Wohncontainern stand eine Reihe von Jeeps und Lastwagen. Zwei unrasierte Typen mit Westernhüten und ziemlich finsterem Gesichtsausdruck waren damit beschäftigt, Kisten und Säcke im Laderaum eines der LKW zu verstauen. Als sie Lucy sahen, pfiffen sie ihr nach.

Lucy machte eine wenig damenhafte Geste.

» Diese Typen gehören zu Jack Barnes. Manchmal kann ich mir die Helfer nicht aussuchen. Ich muss eben nehmen, was kommt. «

Jack Barnes entpuppte sich als etwa dreißigjähriger schlaksiger Weißer in khakifarbenem Dress, strähnigen blonden Haaren und wasserblauen Augen.

Er lehnte lässig neben dem Führerhaus des Lastwagens und antwortete auf Lucys Frage widerwillig und mit abweisendem Ton.

» Ja, ja, Madam. Sie brauchen das nicht immer zu wiederholen. Die Sachen vom Flugplatz sind schon verladen. Wir können morgen mit dem ganzen Zeug gleich aufbrechen. «

In diesem Moment gab es Geschrei von der Rückseite des Lastwagens.

» Hau' bloß ab, du Gartenzwerg! Lass dich hier nicht wieder erwischen! «

Einer von Barnes Männern hielt Pierre am Arm fest und hätte ihn vermutlich geschlagen, wäre Lucy nicht dazwischen gegangen und hätte dem Kerl nicht kurz und hart gegen das Schienbein getreten.

Der Unrasierte fuhr herum und wollte nun auch auf Lucy losgehen. Doch als er mich kommen sah, traute er sich wohl nicht mehr, weiter handgreiflich zu werden. Auch Barnes kam angelaufen.

» Miss Simmons. Der Junge hat hier nichts zu suchen. Wir wollen nicht für Schäden an den Instrumenten verantwortlich gemacht werden! Nicht wahr, Dr. Clay? «

» Lassen Sie endlich den Jungen los! « sagte ich kalt.

Er gehorchte nur widerwillig.

» Und sichern Sie die Ladung gefälligst ordentlich! Ich will morgen früh keine Panne erleben! « fügte Lucy hinzu.

» Kommt, wir gehen! «

Auf dem Weg zurück flüsterte uns Pierre zu.

» Die haben hinten im Lastwagen so komische Säcke und da liegt auch eine Munitionskiste. «

» Hm! « murmelte Lucy.

» Wir können das morgen genauer überprüfen. So, ihr Helden! Jetzt geht schön schlafen. Wir müssen morgen in aller Frühe aufbrechen. «

- - -

In der Tat brachen wir noch vor Sonnenaufgang in Richtung Osten auf. Der Professor, Lucy, Pierre und ich fuhren mit dem Jeep voraus. Barnes und seine Männer folgten uns im Lastwagen.

Unser Ziel konnten wir nicht verfehlen, denn das Team hatte die Stelle vor einer Woche mit dem GPS-Locator auf den Zentimeter genau vermessen. Es wäre eine Spazierfahrt geworden, hätten wir entlang der Luftlinie reisen können. Aber selbstverständlich ging das nicht.

Also quälten sich Jeep und LKW über die schmalen, staubigen Pfade ins Gebirge hinein. Mehr als einmal mussten wir wieder ein Stück zurückfahren, weil ein Felsbrocken oder ein Erdrutsch uns den direkten Weg versperrte. So brauchten wir fast den gesamten Tag, bis wir die knapp siebzig Kilometer überwunden hatten.

Als wir schließlich an unserem Ziel ankamen, wurden wir in gewisser Weise für unsere Mühen entschädigt. Der Blick von hier oben war einfach phantastisch.

Wir standen am Rand einer Senke mit steilen Wänden aus rotem Fels. Die schroffen Wände erinnerten mich an einen Steinbruch. Ungefähr fünfzig Meter tiefer lag die Talsohle, flach wie ein Brett und völlig kahl. Das Tal selbst war kreisrund und sah wie ein flacher Brunnenschacht aus. Oder wie ein Krater.

An der Stelle, an der wir uns nun befanden, hatte der Suchtrupp das letzte Mal mit dem Satelliten-Navigationssystem eine exakte Standortbestimmung gemacht.

Danach hatten sie versucht, diesen Abschnitt des Tals mit den Laser-Theodoliten zu vermessen. Dies hatte aber nicht richtig funktioniert. Das Team berichtete, das Instrument hätte eine viel zu große Entfernung angezeigt. Den Messwerten nach hätte das Tal fast doppelt so weit sein müssen, als es in Wirklichkeit war. Dies hatte eine Referenzmessung mit dem GPS-Empfänger ergeben.

Merkwürdigerweise hatte das Team diese Abweichung nur genau über dem Tal festgestellt. Sie hatten es mehrfach hintereinander probiert. Plötzlich waren die Sicherungen in der Stromversorgung durchgebrannt und gleichzeitig auch der GPS-Empfänger und das Funkgerät im Jeep ausgefallen.

Den Mitgliedern des Teams war es daraufhin unheimlich geworden und sie waren zum Basiscamp zurückgefahren, ohne die Vorfälle näher zu untersuchen.

Die Schilderung der Ereignisse erschien mir recht merkwürdig. Ich wollte nicht an einen Gerätedefekt glauben und Pierre hatte mich in meiner Meinung unterstützt. Er hatte nach Ersetzen der Sicherungen keinen Schaden in den Instrumenten feststellen können und vermutete die Ursache in einer elektrostatischen Aufladung. Hier in der trockenen Luft konnte so etwas schließlich leicht passieren. Auf jeden Fall war ich gespannt darauf, was unsere heutigen Untersuchungen ergeben würden.

Lucy wies Jack Barnes an, die Kisten mit meinem Multifrequenz-Interferometer auszuladen. Dann stiegen wir in den Jeep und begaben uns auf eine Inspektionstour um das Tal herum.

Es war der Professor, der plötzlich » Halt! « rief, sein Fernglas zückte und dann aufgeregt begann die Umgebung abzusuchen.

Wir waren zunächst richtiggehend besorgt über seine heftige Reaktion

» Das ist ja phantastisch! «.

So erregt hatte ich Charleston noch nie erlebt.

Er beeilte sich, uns zu erklären was er entdeckt hatte. Das Gelände um das Tal herum war gar nicht so unregelmäßig geformt, wie es zunächst den Anschein hatte. Der Professor hatte vielmehr eine Symmetrie entdeckt.

Er zeigte uns drei Felstürme, die in regelmäßigem Abstand aus den sandüberdeckten Bergzacken die das Tal umgaben, hervorragten. Der nächste Felsen war höchstens fünfhundert Meter von unserem jetzigen Standort entfernt. Also fuhren wir, was der Jeep hergab.

Der Felsen ragte vor uns bestimmt zwanzig Meter in den Himmel. Er war gezackt, verwittert und mindestens fünfzig Meter breit. Irgendwie erinnerte er mich an Ayers Rock in Australien. Das Gelände um den Felsen herum war flach, glatt und frei von Steinen. Es sah beinahe wie ein Parkplatz aus. Wir stellten unseren Jeep darauf ab und gingen zu Fuß weiter.

Der Rand des Tales hatte hier eine andere Form als an der Stelle, an der Barnes gerade den LKW entlud. Der ansonsten unpassierbare Steilhang war direkt vor dem Felsen durch einen schmalen Felsabsatz unterbrochen. Dieser Sims schmiegte sich an die Wand und führte von hier hinunter in das Tal. Man konnte dies nicht direkt als Weg bezeichnen, denn er wies Steigungen von über dreißig Grad auf. Doch Lucy meinte, dass man im Notfall mit Hilfe der Winde am Jeep hinunter gelangen könnte.

Doch im Moment verspürte keiner von uns das Verlangen danach. Im Gegenteil! Noch während ich darüber nachdachte kam auf einmal der Professor aufgeregt gerannt.

Er hatte hier am Fuß des Felsens, den Eingang zu einer Höhle entdeckt.

- - -

Die Luft im Innern der Höhle war, gemessen an der Hitze die draußen herrschte, kühl, klar und rein. Innen wehte ein beständiger Luftzug. Wir folgten dem kurzen Höhleneingang und gelangten nach wenigen Metern in einen großen, kuppelförmigen Raum.

In der Wand auf der Talseite befanden sich drei Öffnungen, nicht größer als Schießscharten, durch die man über das Tal sehen konnte. Sie waren in einem Dreieck angeordnet und offensichtlich nicht natürlichen Ursprungs.

Der Professor durchstöberte die gesamte Kuppel. Sie war kreisförmig mit einem Durchmesser von mindestens zwanzig Metern und etwa fünf Meter hoch. Lucy und ich standen noch immer unter den fensterartigen Öffnungen. Das Licht der Sonne projizierte drei grelle Lichtflecken auf die gegenüberliegende Wand, die der Professor fasziniert betrachtete.

» Pierre! Rasch lauf los und schalte den Rechner im Jeep ein! «

» Und bringe mir bitte das Notepad mit! «

Wie viele moderne Archäologen benutzte auch Professor Charleston ein digitales Notepad für seine Aufzeichnungen. Das flache Gerät verfügte über einen optischen Scanner, mit dem er begann, die Wand wie mit einem Kopiergerät zu photographieren. Ich wusste, dass das Notepad zudem über eine drahtlose Verbindung verfügte, mit der Charleston die gewonnenen Daten zum Computer in den Jeep schicken konnte.

Ich musste lächeln als ich daran dachte, dass Pierre diese Netzwerkverbindung für seine Internet-Surferei verwendet hatte. Dann gingen Lucy und ich zum Professor hinüber, der an der Wand verbissen mit dem Scanner arbeitete.

Nun wussten wir, warum er so aufgeregt war. Die Wand war über und über mit seltsamen Schriftzeichen bedeckt, die im Licht der durch die Öffnungen scheinenden Sonne mal hier mal dort wie Gold glänzten.

- - -

Am späten Nachmittag hatten wir unsere Zelte aufgebaut. Jack Barnes und seine zwei Begleiter waren wieder zum Basiscamp zurückgefahren, nachdem sie die Ausrüstung abgeladen hatten. Bei aller Faszination für seine neue Entdeckung wollte der Professor die Aufgaben bei seiner ursprünglichen Expedition nicht vernachlässigen. Jeder Helfer wurde dort gebraucht. Barnes sollte erst am darauf folgenden Tag wiederkommen um die Ausrüstung wieder abzuholen.

Am Abend übermittelte der Professor die Bilder aus der Höhle an sein Institut und er selbst arbeitete wie besessen am Computer im Jeep. Ich glaube, an diesem Abend hatte er sicherlich nicht ans Sparen gedacht und die Gebühren für den Satellitenlink rissen sicherlich ein großes Loch in seinen Etat. Doch seine Nachforschungen im Internet waren erfolglos geblieben.

Die Wandzeichnungen waren bislang keiner bekannten Kultur dieser Region zuzuordnen.

Schließlich schickte Charleston noch einige Mails an Kollegen, die ihm bei den Nachforschungen helfen sollten. Danach gesellte er sich zu uns, die wir unser frugales Abendessen bereits hinter uns hatten und uns nun am Lagerfeuer aufwärmten.

- - -

Den darauf folgenden Vormittag verbrachten Lucy und ich damit, auf der abgewandten Seite des Tales den Repeater für das Interferometer anzubringen. Der Professor stellte derweilen mit Pierres tatkräftiger Hilfe die Laser-Emitter und die Energieversorgung auf. Nachdem wir die Strecke grob eingerichtet hatten, kehrten wir zum Professor zurück.

Für uns wäre es äußerst ungesund gewesen, während des eigentlichen Scans neben dem Repeater zu stehen. Das Interferometer arbeitete nämlich mit zwei völlig unterschiedlichen Lasersystemen hoher Leistung. Das eine erzeugte einen Strahl im fernen Infrarotbereich, das andere emittierte harte Röntgenstrahlung. Zumindest letztere Strahlungsart wäre bei der verwendeten Intensität unserer Gesundheit nicht gerade förderlich gewesen.

Das Ziel, das wir mit dieser Anordnung verfolgten lag darin, die zeitliche und örtliche Streuung von Laserimpulsen mit unterschiedlichen Wellenlängen zu bestimmen.

Um die Mittagszeit hatten wir die Vorbereitungen abgeschlossen. Pierre programmierte den Computer, so dass er gleichzeitig eine Folge von Blitzen aus dem Infrarot- und dem Röntgenlaser auslösen und deren Laufzeit auf ihrem Weg zum Repeater und zurück messen konnte.

Wir hatten noch nichts gegessen, doch keiner wollte jetzt

wegen des Lunchs unser Experiment verschieben. Also starteten wir den Messzyklus. Mit Spannung erwarteten wir das Ergebnis.

Zu Pierres Befriedigung und meinem Erstaunen war es tatsächlich so, dass die Laufzeiten zwischen den langwelligen und den kurzwelligen Laserimpulsen reproduzierbar voneinander abwichen.

Dabei zeigte sich noch ein weiterer unerklärlicher Effekt. Es schien, als würden die Infrarotimpulse einen geringfügig anderen Weg nehmen als die Röntgenstrahlung. Die Strahlen trafen am Repeater unter völlig unterschiedlichen Winkeln auf, geradeso, als würden sie um ein Hindernis herum gebeugt. Dabei waren die Röntgenstrahlen geringer betroffen als der Strahl aus dem Infrarotlaser.

Die Messergebnisse passten überhaupt nicht zu dem, was wir mit eigenen Augen sahen. Jedes Detail der gegenüberliegenden Felswand war in der klaren Luft deutlich zu erkennen. Das Tal war eindeutig leer. Doch mit etwas Phantasie hätte man annehmen können, dass die Strahlen der Laser um ein unsichtbares Hindernis herumlaufen würden wie Wasser um einen Stein.

Einerseits war ich befriedigt, denn nun konnte ich beweisen, dass kein Fehler in unseren Analysatoren vorlag.

Andererseits beschäftigte mich die Frage nach den wirklichen Ursachen dieser Anomalie. Ich machte eine kurze Berechnung und fand heraus, dass der Weg der Lichtstrahlen vor und nach dem hypothetischen Hindernis im sichtbaren

Teil des Spektrums exakt geradlinig verlaufen würde.

Dieses Ergebnis beunruhigte mich sehr. Hätte ich mit meiner Annahme Recht, dann könnte man mit bloßen Augen tatsächlich nichts von diesem hypothetischen Hindernis erkennen. Ich rieb mir über die Stirn und lachte dabei.

» Nein! Das ist völliger Unsinn. Es muss irgendein systematischer Fehler vorliegen, auf den wir nur noch nicht gekommen sind! «.

Wir debattierten ausgiebig über die Ergebnisse. Als ich vorsichtig meine gewagte Hypothese äußerte, protestierte wie erwartet der Professor als Wissenschaftler vehement. Nach einigen hitzigen Diskussionen einigten wir uns auf einen weiteren, aufwendigeren Versuch.

Wir wollten in einem neuen Durchgang messen, auf welche Weise der von uns beobachtete Effekt vom Ort, beziehungsweise vom Strahlengang abhängig war. Zu diesem Zweck mussten wir allerdings eine ganze Reihe von Messungen entlang des Felsrandes machen.

Professor Charleston brummelte zwar wegen der seiner Meinung nach vergeudeten Zeit, ließ sich aber von Lucy doch noch zu dem Versuch überreden. Ich hatte den Eindruck, dass auch er insgeheim nach einer akzeptablen Erklärung fieberte.

Lucy, der Professor und ich schwitzten, schleppten die Geräte und machten Schnappschüsse mit unserer Laserkanone. Den Jeep hatten wir am Fuß des Felsenturmes geparkt wo unser provisorisches Camp lag. Pierre hatte sich dorthin zurückgezogen und schrieb auf dem Computer ein Auswerteprogramm für unsere Messdaten. Er hatte auch den kleinen Satellitenspiegel ausgerichtet, um sich Softwaremodule für das Programm über das Netz aus London zu holen.

Am Nachmittag hatten wir den anstrengenden Teil unserer Arbeit erledigt. Inzwischen war auch Barnes mit dem Lastwagen wieder zurückgekommen, hielt sich jedoch im Hintergrund. Irgendwie wurden mir die drei Typen immer unsympathischer. Sie verhielten sich gerade so, als ob sie etwas zu verbergen hätten. Doch im Augenblick war mir das einerlei. Ich fieberte, das Ergebnis unserer Messungen zu sehen.

So drängten wir uns um den Jeep herum, während Pierre die Messdaten in seinen Rechner einlud und das Ergebnis auf den Schirm brachte. Pierre hatte die Abweichungen sowohl im Azimut als auch in der Elevation dargestellt.

Tatsächlich! Die Kurven zeigten, dass die Laufzeitabhängigkeit örtlich stark begrenzt war. Die genaue Verteilung war aus den Zahlenkolonnen und den Diagrammen nicht leicht zu erkennen, doch irgendwie lief mir bereits jetzt ein kalter Schauer über den Rücken. Die Verteilung schien mir viel zu systematisch für einen zufälligen Effekt zu sein.

Charleston schien einen ähnlichen Gedanken zu verfolgen.

» Kannst du die Abweichungen auch als dreidimensionales Bild darstellen? «

Pierre lächelte nur.

» Na klar! Ich habe mir schon gedacht, dass Sie das sehen wollen. «

Pfeifend tippte er auf seiner Tastatur, doch dann stockte auch ihm der Atem als er sah, was der Computer jetzt auf den Bildschirm zauberte.

Aus den Bildpunkten schälten sich Linien und regelmäßige Konturen.

Im Tal stand eine unsichtbare Pyramide um die sich die Laserstrahlen beugten!

- - -

» Himmel! Was ist das? «

Lucy starrte abwechselnd auf den Bildschirm und über den Rand der Felsklippe ins Tal. Nicht eine Spur dessen, was der Computer uns angezeigt hatte, war dort unten zu sehen. Zumindest nicht für menschliche Augen.

Doch nun, da wir wussten wonach wir suchen mussten, fielen uns klitzekleine Dinge auf. Pierre war der erste, der etwas entdeckte.

» Seht doch! « rief er aufgeregt.

» Dort unten, rechts von dem Stein! «

Er wedelte mit der Hand. Und tatsächlich. Wenn man genau hinsah bemerkte man, dass dort, wo sich der Fuß der unsichtbaren Pyramide befinden musste, ein etwa kopfgroßer Felsbrocken lag. Wenn man die gleiche Stelle aus einem anderen Winkel betrachtete, war der Brocken verschwunden. Es war wie bei einem dieser Hologramme, bei denen man immer nur das eine oder andere Detail sah, wenn man den Kopf hin- und herbewegte.

Je länger wir hinschauten, desto mehr solcher Kleinigkeiten fielen uns auf. Oft konnten wir sie nicht richtig sehen, sondern nur erahnen. Die Dinge wurden erst sichtbar, wenn man ein und dieselbe Stelle unter unterschiedlichen Blickwinkeln betrachtete.

Selbst in der Luft glaubten wir dort, wo sich die Spitze der Pyramide befinden musste, ein leichtes Flimmern zu sehen, wie dünner Rauchnebel über einer Kerze.

Das unsichtbare Gebilde vor uns besaß also eindeutig eine Ausdehnung. Doch hatte es auch eine Masse? Es konnte sich immerhin um eine Art von Fata Morgana aus aufsteigender, heißer Luft aus dem Tal handeln.

Das war jedenfalls Charlestons Ansicht.

Die Antwort konnte uns wiederum nur der Computer geben. Die Detailauswertung der Messwerte hatte ergeben, dass ein wenig von der Strahlung offenbar nicht abgelenkt worden war sondern bis zu dem hypothetischen Gebilde durchdringen konnte. Jedenfalls war ein gerade noch nachweisbarer Teil der Röntgenstrahlung reflektiert worden. Hieraus war es dem Computer möglich gewesen, ein Resonanzspektrum zu berechnen.

Als wir es sahen, waren wir beinahe schockiert. Das Materiespektrum der 'Glaspyramide' zeigte deutliche Spitzen bei Ordnungszahl 14 und 26. Silizium erschien uns auf den ersten Blick nicht ungewöhnlich, jedoch der hohe Eisengehalt war höchst verdächtig.

Das am höchsten ausgeprägte Maximum allerdings lag bei Ordnungszahl 78.

» Mein Gott! Die Pyramide besteht aus Platin. «

Der Professor war völlig außer sich.

» Was kann das nur sein? «

Lucy sprach für uns alle.

» Wir müssen hinunter und nachsehen! «

- - -

Doch dann kam alles ganz anders.

» Wir werden das Interferometer noch brauchen! Pierre, bitte lauf' zum Lastwagen und sag es Barnes, dass sie es nicht wieder einladen sollen. « bat der Professor.

Wir besahen uns den Jeep und überlegten, wie wir ihn den steilen Pfad hinunterbringen konnten. Lucy wollte gerade die Seilwinde überprüfen, da kam Pierre aufgeregt angelaufen und stammelte atemlos.

» Professor Charleston! Dr. Clay! Helfen Sie mir, rasch! «

» Was ist los, Pierre? « fragte Lucy besorgt.

» Barnes! Seine Männer! Sie haben Geldsäcke auf dem Wagen! Und Waffen! «

Doch seine Warnung kam zu spät. Schon standen Barnes und seine beiden Spießgesellen vor uns. Barnes hielt eine großkalibrige Pistole auf uns gerichtet, während seine beiden Begleiter je eine Schrotflinte im Anschlag hielten.

» Du hättest nicht so neugierig sein sollen. «

Barnes lächelte böse.

» Nun bekommst du die Quittung dafür! «

» Was soll das, Barnes? Sind Sie verrückt geworden? «

» Nein, Professor! Wir haben uns vorgestern das Geld geschnappt und jetzt wollen wir das Platin! Sie glauben doch wohl nicht, dass ich mir das entgehen lasse? «

Er winkte seinen Männern.

» Los! In die Höhle mit ihnen! «

Uns blieb nicht viel übrig als zu gehorchen. Wir zogen uns in den Höhleneingang zurück.

» Wir werden euch hier einsperren! Macht euch aber keine Hoffnungen, dass euch jemand findet! Ich habe im Lager verbreitet, dass ihr einen Ausflug nach Luxor gemacht habt und mehrere Tage wegbleibt. Das gibt uns genug Zeit zu verschwinden. «

» Was haben Sie vor? «

» Das werdet ihr gleich sehen! «

Barnes lachte böse und zog eine C4-Ladung aus seiner Umhängetasche.

» Sie sind ja wahnsinnig! « rief der Professor.

» Lassen Sie wenigstens das Kind gehen! «

» Keine Chance! « murmelte Barnes.

Irgendwie schien ihm nicht wohl zu sein, doch er wollte offenbar vor seinen Kumpanen keine Schwäche zeigen.

Schließlich drückte er den Zünder in die Sprengladung, warf sie in den Gang und sprang dann fluchtartig zurück.

» Deckung! « schrie ich, sprang weg vom Eingang und riss im Sprung Pierre und Lucy mit.

Auch der Professor warf sich zu Boden.

Es gab einen schrecklichen Knall und mit Poltern und Getöse brach die Decke des Höhleneingangs in sich zusammen.

\- - -

Langsam setzte sich der Staub. Nur noch vereinzelt hörte man vom Höhleneingang her das Poltern eines Felsbrockens. Dann war alles still. Mir klingelten die Ohren.

Pierre schluchzte leise.

» Bist du verletzt? « fragte ich.

Pierre schüttelte nur stumm den Kopf.

Lucy hatte sich ebenfalls aufgesetzt. Ihr Gesicht war aschfahl. Ich bin sicher, ich sah auch nicht viel besser aus.

» Professor! « rief ich laut.

Leises Stöhnen antwortete mir. Danach kroch Charleston aus einer Ecke hervor. Auf seiner Stirn prangte eine dicke Beule, ansonsten schien auch er mit dem Schrecken davongekommen zu sein.

» Der Eingang ist völlig verschüttet! Da kommen wir nicht heraus. «

Lucy leuchtete mit ihrer Taschenlampe den Eingang ab. Dort, wo sich zuvor der Felsbogen befunden hatte, lag jetzt ein mannshoher Berg aus aufgetürmten Felsbrocken, Geröll und Schutt, der den Zugang komplett verschüttet hatte. Die größten Brocken wogen sicherlich mehrere Tonnen. Mit bloßen Händen hatten wir da keine Chance.

Werkzeuge hatten wir auch nicht, wenn man von unseren Taschenlampen, meinem Schweizer Messer und dem elektronischen Notepad des Professors einmal absah. Letzteres hatte die Explosion und den Sturz offenbar unbeschädigt überstanden, doch zum Graben war es natürlich nicht zu verwenden.

Ich glaube, in diesem Moment war keinem von uns besonders heldenhaft zumute. Wir überlegten fieberhaft, wie wir dieser Falle entkommen konnten. Die Explosion hatte schließlich nicht nur den Eingang beschädigt.

Auch in der Kuppel über uns zeigten sich deutliche Risse. Hier und da rieselte Sand herab, was mir überhaupt nicht gefallen wollte.

» Lasst uns die Höhle untersuchen. Vielleicht finden wir einen zweiten Ausgang. «

Insgeheim rechnete ich mir keine Chancen aus, aber immerhin stärkte es die Moral. Außerdem war alles besser als dazusitzen und zu warten bis wir verdursteten oder von der zusammenstürzenden Höhle erschlagen wurden.

Auf Hilfe von Außen brauchten wir schließlich nicht zu warten, denn im Basislager wusste niemand, dass wir uns hier befanden. Jack Barnes hatte sie schließlich auf eine falsche Fährte gelockt.

Im Moment hatten wir mit dem Licht noch keine Probleme, denn die untergehende Sonne schien durch die drei Durchbrüche über den Talkessel direkt in unsere Höhle hinein. Erst jetzt fiel mir ihre ungewöhnliche Anordnung auf. Wenn man im richtigen Winkel stand, konnte man durch zwei von ihnen den Talkessel sehen.

Mich traf die Erkenntnis wie ein Blitzschlag.

» Sie zeigen auf die Basis der Glaspyramide! «

» Natürlich! « der Professor deutete auf das dritte, ein wenig höher liegende Fenster

» Und das da oben zeigt zu ihrer Spitze! «

» Das kann kein Zufall sein! « murmelte Lucy leise.

» So ein Mist! So ein verdammter Mist! Barnes wird die Pyramide als Erster erreichen und wir können überhaupt nichts dagegen tun! «

In diesem Moment zupfte mich Pierre am Hemd.

» Monsieur Clay« flüsterte er.

» Ich habe vielleicht eine Idee. Aber bitte sagen Sie dem Professor noch nichts. Ich fürchte, er wird ärgerlich werden. «

Ich konnte mir dies in der Situation in der wir uns befanden zwar nicht vorstellen, zog mich jedoch mit Pierre in den hinteren Teil der Höhle zurück.

» Also, schieß los. Was hast du ausgefressen? «

» Monsieur Clay. Sie wissen doch, dass der Professor sehr

böse war, als ich den Satellitenlink benutzt habe, um im Internet zu surfen? «

Ich musste wider Willen lachen.

» Klar! Er durfte schließlich richtig viel dafür bezahlen. Du kannst dir ja vorstellen, was deine Surferei das Institut an Kommunikationsgebühren gekostet hat. Aber was soll... «

In diesem Moment kam ich erst darauf, was er meinte.

» Natürlich. Das Satcom-Terminal im Jeep! Aber wie willst du von hier aus da rankommen? «

» Das Notepad des Professors hat doch eine Vernetzung, mit der man Daten in den Computer des Jeeps überspielen kann. Vielleicht gelingt es mir, von dort aus eine Verbindung zum Satcom-Terminal zu routen. Dann könnte ich wie damals ins Internet und eine E-Mail... «

» Junge! « rief da die Stimme des Professors.

Er hatte gemerkt, wie wir uns zurückzogen und hatte uns schamlos belauscht. Doch niemand nahm ihm seine Indiskretion übel. Pierre machte ein erschrockenes Gesicht, doch der Professor lachte nur

» Junge, wenn dir das gelingt, dann schenke ich dir den Computer und ein Jahr Kommunikationszeit obendrein! «

Er drückte Pierre sein Notepad in die Hand und dieser begann, es mit leuchtenden Augen zu bearbeiten.

Für uns Andere verging die Zeit quälend langsam. Pierre schrieb Treiber oder was sonst noch dazu nötig war, die Kommunikationsverbindung herzustellen.

Währenddessen versuchten der Professor, Lucy und ich, wenigstens einige kleinere Steinbrocken vom Eingang wegzuräumen.

Draußen war es inzwischen dämmerig geworden. Zum Glück funktionierten unsere Taschenlampen noch, doch wir beschlossen, sie so wenig wie möglich zu benutzen. Wir sprachen kaum. Jeder wusste, dass unser Schicksal einzig und allein von Pierre abhing.

Plötzlich rief er

» Heureka! Ich habe die Verbindung mit London! Was für eine Mail soll ich senden? «

Der Professor zog einen zerknitterten Zettel aus seiner Brusttasche.

» Hier, mein Junge! « sagte er lächelnd.

»NOTFALL AUF EXPEDITION CHARLESTON. WIR SIND IN EINER HÖHLE VERSCHÜTTET. KOORDINATEN 25D12M24S N 34D23M17S E. SCHWERES GERÄT ZUR RÄUMUNG ERFORDERLICH. INFORMIEREN SIE DRINGEND DAS EXPEDITIONSCAMP IN AL-GHURAD VIA INTERSAT +(20) 98 340 9 477.

GEZ. PROF. CHARLESTON. «

» An wen soll ich das schicken? « fragte Pierre.

» An Alle, Junge! An Alle! « rief der Professor.

Danach brachen wir in ein Freudengeheul aus.

\- - -

Nun gab es nichts mehr zu tun als auf die Retter zu warten. Wir räumten noch hier und da ein paar der kleineren Felsbrocken beiseite, um uns zu beschäftigen und die Wartezeit zu verkürzen.

Pierre hatte zahlreiche Empfangsbestätigungen auf unsere Mail erhalten. Sie waren überall auf dem Globus gelesen worden und sicher waren unsere Leute bereits auf dem Weg hierher. Trotzdem ahnten wir, dass es ein Wettlauf gegen die Zeit geben würde. Die Risse in der Kuppeldecke waren in den letzten Stunden immer größer geworden und wir wussten nicht, wie lange die Decke noch halten würde.

Draußen war es inzwischen stockdunkel. Plötzlich fiel durch die drei Öffnungen gleißendes Licht in die Höhle. Das Licht war so grell, dass unsere Augen schmerzten. Das Innere der Kuppel war taghell erleuchtet. Gleichzeitig kreischte und dröhnte es draußen, als starteten hunderte von Düsenjägern im selben Augenblick.

Der ganze Spuk dauerte vielleicht fünf oder zehn Sekunden, dann verschwand er wieder genauso plötzlich wie er gekommen war.

Benommen, halb blind und taub stürzten wir zu den fensterartigen Öffnungen. Lucy war die Erste. Sie blickte hinaus und erstarrte.

» Mein Gott! Ein Meteorit! «

Wir drängten uns um die Öffnungen. Uns allen bot sich ein unheimliches Schauspiel. Ein Lichtstreifen, wie der feurige Schweif eines Meteors ragte vom Grund des Tales aus in den

Himmel.

An seiner Spitze hing ein gleißender Lichtfleck, der ständig an Höhe gewann, kleiner und kleiner wurde und schließlich im Nachthimmel verschwand.

\- - -

Danach dauerte es noch sechs lange Stunden, bis die Retter schließlich bei uns ankamen. Immer und immer wieder schauten wir nach der Höhlendecke, während die Helfer die Felsbrocken mit den Lastwagen wegzuschleppen versuchten. Nach zwei weiteren Stunden voller Angst waren wir endlich wieder frei.

Hustend stolperten wir in das Licht des anbrechenden Morgens. Keine Sekunde zu früh, denn die Räumarbeit am Eingang hatte der Höhle den Rest gegeben. Krachend und polternd brach sie in sich zusammen. Niemand würde die Höhle je mehr betreten können.

\- - -

Phillip nahm einen tiefen Schluck aus seiner Teetasse.

» Was soll ich euch sonst noch erzählen? « fragte er seine Zuhörer.

Eine rein rhetorische Frage, denn niemand rührte sich.

» Also. Wir haben sofort nach der Rettung wieder den Scanner aufgestellt. Doch von der Anomalie haben wir keine Spur mehr feststellen können. Keine Laufzeitabweichungen, keine Beugung, nichts mehr. Das Tal war nun wirklich leer. Die unsichtbare Pyramide war verschwunden. «

» Von oben sah es aus, als habe unten im Tal eine große Explosion stattgefunden. Der steile Pfad, den wir gerne für den Abstieg benutzt hätten war in einem Erdrutsch in sich zusammengebrochen. Die eilig ausgeschickten Erkundungstrupps berichteten, dass sie auch in den beiden anderen Felstürmen Höhlen gefunden hätten. Doch auch diese waren zusammengebrochen und völlig verschüttet. «

» Am Nachmittag hatten wir eine provisorische Kletterausrüstung zusammengestellt und ließen uns mit Hilfe der Seilwinden ins Tal hinunter. Ohne suchen zu müssen, fanden wir Barnes' Lastwagen. Beziehungsweise das, was von ihm übrig geblieben war. «

» Die Kerle hatten offenbar den Lastwagen mit einer Seilwinde gesichert den Pfad hinunter gesteuert. Sie hofften wohl, mit ihm das Platin aus der Pyramide abtransportieren zu können. «

» Was genau geschah, konnten wir nicht mehr feststellen. Nur ahnen! «

» Neben dem Lastwagen lagen die Waffen von Barnes und seinen Begleitern. Der Wagen selbst war auf die Seite gestürzt, als ob ihn eine Druckwelle getroffen hätte. Die Plane über der Ladepritsche war in zwei Streifen angesengt, als ob ein Blitz darüber hinweg gefahren wäre. Oder als ob jemand einen Flammenwerfer darauf gerichtet hätte. «

» Die Ladefläche selbst war intakt. Auch die Geldsäcke waren unbeschädigt. Wir fanden auch eine Munitionskiste. Sie war äußerlich unbeschädigt, aber in ihrem Innern waren alle

Patronen explodiert. «

» Die Fahrerkabine des LKW war fast unbeschädigt. Schlimmer hingegen sah es mit dem vorderen Motorraum aus. Der gesamte Motor und die Vorderachse existierten praktisch nicht mehr. Sie waren völlig zerdrückt, so, als ob ein Riese darauf herumgetrampelt wäre. «

» Seltsam war auch, dass die gesamte elektrische Anlage des Lastwagens zerstört war. Alle Glühlampen und Sicherungen waren durchgebrannt, aus dem Funkgerät rieselte der Ruß und alle Kabel waren angeschmort und wiesen Brandspuren auf. Selbst die Funkantenne war an ihrer Spitze geschmolzen, so als sei ein Blitz in sie hinein gefahren. «

» Was ist aus Barnes und seinen Leuten geworden? « fragte Douglas leise.

Phillip nahm einen langen Schluck aus der Teetasse, bevor er antwortete.

» Wir wissen es nicht. Sie wurden niemals wieder gesehen. «

Weitere Romane vom gleichen Autor

Aus der Romanreihe „Karens Jobs"

Wie alles begann: Leutnant Karen C. Mulladon, Kriminalermittlerin bei der Mordkommission der Alaska State Troopers und ihr Team stoßen bei der Untersuchung eines tödlichen Unfalls in einer Kohlenmine auf Ungereimtheiten. Doch die Dinge sind nicht so wie sie scheinen. Auch andere Kreise interessieren sich für die Vorgänge. Unvermittelt wird Karen auf eine Reise quer durch Europa geschickt und kommt dabei international operierenden Verbrechern auf die Spur. Auf einem Schiff auf dem Atlantik kommt es schließlich zu dem großen Knall.
E. H. Franke, Der große Knall
Tb. Kt., 216 S. 1. Aufl. 2017, ISBN 978-3-926710-31-4

Der Mord an einem hochrangigen Beamten der Internationalen Atomaufsichtsbehörde bringt Karen C. Mulladon, inzwischen Agentin eines amerikanischen Nachrichtendienstes auf die Spur von Verbrechern, die sich einer gefährlichen Technologie bemächtigen wollen, um damit den internationalen Energiemarkt zu manipulieren. Zusammen mit ihrem deutschen Kollegen Martin Weilmann vom BND nimmt sie die Spur der Verbrecher auf und gerät dabei selbst in höchste Gefahr.
E. H. Franke, Stromausfall
Tb. Kt., 212 S. 1. Aufl. 2017, ISBN 978-3-926710-32-1

Die Nachricht vom Mordanschlag auf ihren Onkel Joshua trifft Karen C. Mulladon wie ein Blitz aus heiterem Himmel. Die Agentin beginnt in Deutschland in eigener Sache zu ermitteln. Dabei entdeckt sie, dass ihr Onkel früher für eine Grupp hochrangiger amerikanischer Waffen- und Rauschgifthändler gearbeitet hat, die seit der Zeit des Vietnamkrieges ihrem lukrativen Geschäft nachgeht. Bei ihren Ermittlungen muss Karen erkennen, dass nicht nur ihr Onkel, sondern auch manch einer ihrer Kollegen einer eigenen Agenda folgt.
E. H. Franke, In eigener Sache
Tb. Kt., 260 S. 1. Aufl. 2017, ISBN 978-3-926710-33-8

Der dreiste Raub von Energiespeichern in Erfurt scheint zunächst nur eine Angelegenheit der lokalen Polizei zu sein. Doch als dann große Mengen an Flüssigsprengstoff aus einer Deponie verschwinden und nichts von alledem auf dem Schwarzmarkt auftaucht schickt der amerikanische Nachrichtendienst Karen C. Mulladon nach Europa, um die Angelegenheit zu untersuchen. Erst nach und nach enthüllt Karen zusammen mit ihrem deutschen Kollegen Martin Weilmann den Plan ihrer Gegner. In achtzehn Meter Höhe, auf einem der Türme des Heidelberger Schlosses fällt schließlich die Entscheidung.
E. H. Franke, Tödliche Energie
Tb. Kt., 190 S. 1. Aufl. 2017, ISBN 978-3-926710-34-5